KB138515

거기,

━━━━━

우
리
가

있
었
다

거기,

정현주 에세이

우리가

있었다

중앙 books
JoongAng Ilbo

그냥 당신답게 살면 돼요. 기억해요.
당신 자신으로 살아야 한다는 것.

Just be yourself. Remember. Be yourself

- Aladdin

같이 있어요,   우리

'우리'라는 말에 웃던 날이 있었습니다.

사랑하는 사람이 그와 나를 '나와 너'라고 부르지 않고 '우리'라고 부르던 순간 그것은 그 자체로 마음의 고백이었습니다. '이제 너와 나는 연결되었고 너의 많은 것이 나에게 영향을 미칠 것'이라는 뜻 같아서 좋았습니다. 고마웠어요. 저에게 '우리'라는 말은 일상 속에서 만나는 사랑의 고백과 같은 것이었습니다.

'우리'라는 이름 아래 같이 있던 사람들을 기억합니다.
고단했으나 평온했고, 불안했으나 안심이 되었던 순간들.

그날 우리는 작은 섬에 머물렀습니다.

저는 자꾸 잠이 들었고 깨어나지 못했는데 잠결에 사랑하는 사람의 목소리를 들었습니다.

"계속 잠만 자네. 혼자 있다가 같이 있으니까 안심이 돼서 그런가 봐."

서울에서의 날들은 고단하고 불안했습니다. 친구인 줄 알았던 사람은 적이었고 아껴주겠다던 사람은 상처를 주었어요. 베였던 마음을 또 베이며 가장 아팠던 것은 내가 나를 지키지 못했다는 자책이었습니다. 불면에 시달렸고 겨우 잠이 들었다 깨면 새벽 3시. 어둠 속에서 혼자 울기 일쑤였는데 작은 섬에 도착하니 잠이 쏟아졌습니다. 같이 떠나준 사람에게 미안했는데 말하지 못한 나의 불안과 고단을 이해해주고 있었다니. 아직도 그날 그 순간이 또렷하게 떠올라요. 창밖에는 폭풍우가 몰아치고 있었지만 마음만은 완벽하게 평온했던.

다음 날이 되자 비바람은 잠들었고 하늘은 드물게 맑았습니다.

제 삶에 불어오던 폭풍우도 그랬어요. 결국엔 멈췄고 좋은 날이 찾아왔죠. 아팠던 순간이 기억나지 않을 만큼 근사해서 저는 그 날들을 가을의 기적이라 불렀습니다.

살아 있으니 또 언젠가 폭풍 같은 날이 올지도 모르지만 전처럼 두렵지는 않아요. 좋은 사람이 곁에 있어 나는 또 힘을 낼 테고 폭풍우는 결국 지나갈 것이며 좋은 날이 오기도 할 것임을 이젠 알고 있으니까요.

여전히 '우리'라는 이름으로 곁에 있는 사람, 고마워요.
덕분에 어렵던 날을 통과했습니다. 우리가 같이 있어서.
아름다운 것을 찾아 멀리까지 다녀왔지만 가장 좋은 것은 당신이 주는 온기, 우리가 우리라는 이름 아래 만드는 풍경인 것을 이제 저는 알고 있습니다. 당신과 마주 앉아 있는 식탁과 같이 걷는 길들을 사랑합니다.

한때는 우리였으나 이제는 아픔으로 남은 사람들도 고마워요.
슬픔을 알게 된 덕분에 나의 인생은 좀 더 진짜가 되었습니다. 무엇보다도 아파하다 쓰러졌을 때 알게 되었어요. 내가 바보 같아져도 떠나지 않는 사람이 있다는 것. 그게 제일 좋았어요. 더 이상 사랑받기 위해 억지를 부리지 않게 됐거든요. 못난 모습이라도 여전히 사랑해줄 사람이 있다는 걸 알게 됐으니까요. 덕분에 나는 더욱 나로서 살게 되었고 사는 일이 한결 편안하고 자연스러워졌습니다. 고마워요.

영화 〈비포 선라이즈〉에서 셀린느가 했던 이 말을 좋아합니다.

"이 세상에 신이 있다면 그 신은 너나 내 안에 존재하는 게 아니라 우리 사이에 존재한다고 믿어."

진짜는, 진짜로 좋은 것은 '우리 사이'에 있다고 믿어요.
우리 같이 있어요.

많은 것이 필요하진 않아요.
당신 자신으로 있어주면 돼요.

당신이 그래도, 내 곁에 있었듯
나 역시 그래도, 당신 곁에 있을 테니까

아무것도 걱정하지 말고
같이 있어요, 우리.

2015년 10월 또 가을

정현주

contents

거기,

Scene 01

언제가도 네가 있는

—

지 금 줄 수 있 는 가 장 소 중 한 걸 주 세 요

우리는 오랫동안 같은 동네에 살았다.
언제 가도 거기 네가 있어 나는 참 좋았다.

어리던 날들, 나는 연락도 없이 너를 찾아가 대문 앞에서 너의 이
름을 불렀다. 너는 마당을 가로질러 달려와 초록의 대문을 열어
주곤 했다. 그때 우리는 충분히 함께였고 네가 곁에 있어서 나는
부족함을 몰랐다.

그런데 어른이 되면서 달라졌다. 해야 할 일이 늘어났고 같이할
수 있는 시간은 줄어들었다. 나는 자주 네가 아쉬웠으나 어른이
되려면 이 허전한 순간을 혼자 견뎌야 한다는 걸 알았다. 너의 부
재를 나는 견디었다.

시간이 지나면 외로움에도 익숙해질 거라 믿었는데, 어느 날 네가 나를 불렀다.

약속 장소는 동네 입구에 새로 생긴 작은 카페였다. 문을 열고 들어가니 카페 주인이 서 있어야 할 곳에 네가 있었다. 회사를 다니며 돈을 모았고 차곡차곡 준비를 해왔다고 했다.

이제 우리 사이에 약속 같은 것은 필요 없어졌다. 매일 지나는 곳에 네가 있었다. 나는 문을 열고 들어가는 대신 카페 문 앞에 서서 너의 이름을 불렀다. 너는 웃으며 문을 열어주었다. 네가 직접 칠했다는 그 문은 어릴 적 너의 집 대문과 꼭 같은 초록색이었다.

"맛이 매일 조금씩 더 깊어지는 것 같아. 점점 좋아지네."
커피를 마시며 나는 말했다.

너는 웃으며 대답했다.
"여기서 커피를 만들고 있으면 우리 어렸을 때가 생각나. 너는 매일 나를 찾아왔고 나는 날마다 즐거웠지. 너에 대해서는 전혀 불안함이 없었어. 하나의 물음표도 없이 그냥 좋았어. 커피 맛이 나아지고 있다면 네 덕분인지도 몰라. 친구가 먹을 거라고 생각하면 맛있게 만들고 싶은 마음이야 당연한 거니까."

좋았다. 네 앞에 앉아 네가 만든 커피를 마시고 있으면.
어른으로 살아가느라 고단했던 날은 잊혔고 갈 곳을 잃고 헤매던 내 안의 작고 어린 나는 마침내 있을 곳을 찾았다.

좋았다. 복잡한 말도, 하나의 물음표도 없이
아직도 우리가 함께 있어서 나는 좋았다.
참 좋았다.

몹시 고될 것이 분명했지만 나는 산을 오르기로 했다.

너를 혼자 보내기 싫어서였다.

너는 마음먹은 일은 꼭 해내고 마는 사람이었다. 너라면 혼자서
도 거기에 갈 것이다. 얼마나 위험한 일인가. 나는 남아서 걱정을
하는 쪽보다 함께 힘든 편을 택했다.

하지만 산을 오르는 일은 상상 이상으로 힘들었다. 산은 나를 환
영하지 않았다. 올라갈수록 길은 좁아졌고 경사는 급해졌다. 날카
롭고 차가운 바람마저 불어와 몸이 다 얼 것 같았으나 너에게 짐
이 되고 싶지 않았다. 그래서 억지를 부렸다. 억지를 부리며 열심
히 걸었다.

정상까지는 아직 멀었는데 네가 말했다.
"이제 그만 내려가자."

중도 포기라니 너답지 않았지만, 이상한 일이었다. 산을 내려오며
너는 자꾸 웃었다. 즐거워 보였다. 산을 다 내려온 뒤에도 너는 또
웃었다. 웃으며 내가 얼마나 서툴고 느렸고 엉망이었는지 놀려대
다가 너는, 오늘 처음 알았다고 했다.

'정상까지 가지 않아도 즐거울 수 있다는 것.'

좋았다.
이룬 것은 물론 이루지 못한 것에 대해서까지
우리가 웃으며 같이 말할 수 있어서.

끝까지 가지 못했지만 우리는 충분히 얻었다.
우리가 같이 있었기 때문에 가능한 일이었다.

거기, 우리가, 같이, 있었다.

'한평생 지켜온 약속의 반지를 물려받는 것, 참 아름다운 일이야.'
여자는 생각했다.

여자의 할머니는 손녀딸인 여자에게 반지를 물려주겠다 하셨
다. 할머니는 첫아이를 낳던 날 할아버지에게 그 반지를 선물 받
았다. 사랑하여 할아버지는 할머니에게 주고 싶은 것이 많았으
나 가난했다. 줄 수 있는 것이 별로 없어 마음이 아팠다. 할머니는
"아니다, 오히려 충분하다" 말했다. 매일 머리를 빗겨주며 "예쁘다
예쁘다" 해주던 남편이었다. 반지를 끼워주던 날. 할아버지 눈가
가 젖었다. 할머니 역시 같았다. 빠듯한 용돈인데 반지를 사기 위
해 그동안 얼마나 알뜰히 살았을까. 할머니는 할아버지의 고단했
을 날들을 먼저 걱정했다. 마음이 저렸다.

살림이 피어 나중엔 보석반지도 종종 선물 받았지만 할머니는 맨 처음 받았던 그 투박한 순금 반지를 가장 좋아했다. 한 번도 손에서 빼지 않았다.

오늘은 바람이 많이 불었고 여자는 사랑이 힘들었다. 하소연은 하지 않았다. 다만 할머니 곁에 앉아 반지를 쓸며 예쁘다, 예쁘다 할 뿐이었다. 무뚝뚝한 반지에 담긴 확실하고 정확한 사랑이 여자는 부러웠다. 길고 오래 지속되는 사랑을 여자도 꿈꾸었다. 하지만 쉽지 않았다.

할머니는 여자의 쓸쓸함을 헤아리셨던가 보다.
반지를 만지며 말씀하셨다.

"이제 너에게 물려줄 때가 된 것 같구나."

응원의 뜻이란 것을 여자는 알았다. 여자는 할머니에게 할머니처럼 사랑하고 사랑받고 싶다, 입버릇처럼 말해왔었다.

하지만 할머니의 반지는 빠지지 않았다. 마디가 굵어진 탓이었다.
한 번도 빼본 적이 없어 몰랐다 하셨다.
미안해하시는 할머니의 얼굴이 여자는 참 예뻤다.

알았다. 알 것 같았다.
할아버지가 할머니를 아꼈던 이유.
한 번도 반지를 빼지 않는 사람이었다, 할머니는.

좋은 날만 있지는 않았을 텐데. 어려운 날에도 미운 날에도 행여
불편해도 반지를 빼지 않았던 것이다. 결국 반지는 마지막 날까
지, 어쩌면 마지막 순간 이후에도 할머니와 함께 있을 것이다.

할머니의 손을 잡고 여자는 계속 사랑하기로 했다. 한 번도 빼지
않아 끝내 빠지지 않게 된 할머니의 반지를 보며 생각했다.

'사랑도 그렇지 않을까.
멈추지 않고 사랑하면 계속 거기 있지 않을까.'

희망이 생겼다.
여자는 계속 사랑을 희망하기로 했다.
할머니의 주름진 손을 잡고 여자는 어려워도 계속 사랑하기로 했다.

"대단한 것을 주려고 자신을 바꾸거나 속이지 않고
자신으로서 충실히 살다가
다른 사람은 줄 수 없고 나만 줄 수 있는 것을 주는 것은 어떤가요."

일과 사랑은 같이 가는 것이지 일 때문에 사랑을 포기한다거나, 사랑 때문에 일을 포기해야 하는 양자택일의 문제는 아니라고 생각합니다만 둘이 종종 상충될 때가 있습니다.

영화 〈어바웃 리키〉. 주인공 리키는 20년 동안 가족을 떠나 있었습니다. 음악을 하기 위해서였죠. 공연 때문에 큰딸의 결혼식에도 가지 못할 정도로 푹 빠져 있었지만 대단한 성공을 거두지는 못했습니다. 낮에는 마트에서 일하고 밤에는 공연을 하는 정도였죠. 그래도 자신만의 밴드는 있었어요. '더 플래시'라는 이름이었죠. 남자도 있었습니다. 그렉. 밴드 플래시의 기타리스트였는데 둘의 관계에 대해 그렉은 진지했지만 리키는 아니었습니다. 사랑에 마음을 닫은 사람 같았어요. 두고 온 아이들에 대한 미안함 때문인지도 몰랐습니다.

전남편에게 걸려온 전화를 받고 리키는 20년 만에 집으로 돌아갔습니다. 딸이 이혼을 하고 심하게 방황하고 있다 했어요. 딸의 영혼은 엉망으로 부서져 있었습니다. 왜 진작 연락하지 않았는가, 리키가 원망하자 전 남편은 말했습니다.

"당신은 음악을 따라서 우리를 떠났잖아. 난 당신의 꿈이 가족인 줄 알았는데."

리키의 대답이 마음을 울렸어요.

"꿈이 두 개면 안 되는 거야?"

남편은 고개를 저으며 말했죠. 꿈이 두 개면 안 되는 거라고.

리키는 노력했지만 부재가 너무 길었습니다. 딸은 쉽게 마음을 열지 않았고 키워준 엄마와 더 가까워 보였습니다. 리키는 있던 곳으로 돌아갑니다.

다시 밴드 공연을 시작하던 날. 무대 위에서 리키는 좀 방황했어요. 하지 않아도 되는 말을 했죠.

"믹 재거는 네 명의 아내에게서 일곱 명의 아이를 낳았어요. 그래도 존경받았죠. 아빠는 곁에 있어주지 않아도 사랑받지만 엄마는 달라요. 아이들 결혼식에 가지 못하거나 학교 행사에 빠지면 자격이 없다는 말을 듣게 되거든요."

혼란스러워 어쩔 줄 모르는 리키를 달래며 그렉이 말합니다.

"나도 잘못된 삶을 살았던 적이 있어. 내 아이들은 나를 만나려고 하지도 않지. 하지만 인생에 있어서 두 번째 기회란 없는 것일까. 우리는 부모잖아. 계속 아이들을 사랑해야 해."

그제야 리키는 알았습니다. 그렉이 자신과 같은 아픔을 가졌고 자신의 아픔을 이해하고 있다는 걸. 마침내 리키는 온전히 마음을 열었고 흔들림 없는 그렉의 사랑 안에서 편안해졌습니다. 건강해졌어요.

두 번째 기회는 머지않아 찾아왔습니다. 큰아들의 결혼식. 비행기 표를 살 돈이 없어서 포기하려는 리키를 위해서 그렉이 그의 전부라고 해도 좋을 68년형 깁슨 기타를 팔았습니다. 두 사람은 함께 결혼식장으로 날아갔고, 마지막 장면. 리키가 아들을 위해 축사를 합니다.

"결혼식을 앞두고 아들과 신부에게 무엇을 줄까 고민을 많이 했습니다. 가진 돈이 없기도 했지만 나만 줄 수 있는 유일한 것을 주고 싶었거든요. 저는 뮤지션이에요. 아들에게 나의 음악을 주고 싶습니다. 나의 전부인 나의 음악."

그렉이 연주하고 리키가 노래하자 신랑 신부가 플로어로 나와 부부로서 추는 첫 번째 춤을 추었습니다. 하나둘 춤추는 사람이 늘어갔죠. 결국엔 모두가 신나게 춤을 추며 지나간 원망을 잊었습니다. 영화는 말하고 있어요.

"사랑하는 일에 있어 너무 늦은 것이란 없다. 반드시 두 번째 기회가 온다. 만회하면 된다. 만회할 수 있다. 그때 전부를 주면 된다."

대단한 것을 주려고 자신을 바꾸거나 속이지 않고 자신으로서 충실히 살다가 다른 사람은 줄 수 없고 나만 줄 수 있는 것을 주는 것은 어떤가요. 그 자체로 전부 나인 것을 주는 겁니다. 리키처럼 혹은 그렉처럼요.

사랑도 그렇지 않을까.
멈추지 않고 사랑하면 계속 거기 있지 않을까.

一

사랑하여, 더욱 자기 자신이 되어주세요

"분갈이를 할 때가 된 것 같아."

너는 또 말했다. 다니던 직장이 마음에 차지 않거나 불편할 때 너는 자주 그랬다. 본래는 내가 너에게 해주었던 말이었다. 오래전 너는 어두운 얼굴로 나를 찾아와 "오늘이 어제 같고, 소통이 되지 않는다. 사방이 적인 것 같고 숨이 막힌다"고 했었다. 응원하기 위해 나는 "분갈이가 필요한 시기인가 보다" 했었다.

"식물을 키우다 보면 화분이 너무 작아지는 순간이 와. 뿌리는 차곡차곡 자라는데 화분은 그대로라서 식물이 시들해지더라고. 비슷한 시기가 사람에게도 오는 것 같아. 너는 부지런히 성장했는데 회사는 그대로라서 너를 다 품을 수 없게 되는 거지."

관계에 대해서도 나는 종종 같은 표현을 썼다. 함께 성장하지 않으면 언젠가는 반드시 비좁은 화분같이 된다. 숨이 막히고 마음이 시든다. 상대가 노력해주지 않는다면 할 수 없다. 자유롭게 숨 쉬고 계속 성장하기 위하여 분갈이를 하는 수밖에.

용기가 되길 바랐는데, 너에겐 핑계가 되었던가 보다. 조금만 숨이 막혀도 분갈이가 필요하다며 도망치고 또 도망을 쳤다. 나는 더 이상 너를 응원하지 않기로 했다. 대신 너를 데리고 내가 자주 가는 화원엘 갔다. 화분 하나를 내밀며 분갈이를 부탁하니 꽃집 주인이 곤란하다며 말했다.

"분갈이 한 지 얼마 안 되었잖아요. 또 하면 화초가 죽어요."

자주 건드리면 뿌리가 다치고 결국 죽게 된다고 했다.
너는 고개를 끄덕였고 떠나기를 멈추었다.
한참이나 머물렀고 도망치지 않았다.

다시 만난 너의 얼굴 한결 다부져 보여 견디는 동안 너의 뿌리가 깊고 단단해졌음을 알 수 있었다.

황제 나비라고 했다. 오늘 너는 내게 먼 바다를 건너는 작은 나비에 관해 이야기해주었다.

황제 나비는 겨울이 가까워지면 따스한 곳을 찾아 바다를 건넌다고 했다. 작은 몸으로 하기엔 너무 대단한 일이었다. 어떻게 가능한가 묻자 너는 대답했다.

"황제 나비의 몸에는 켜켜이 겹쳐져서 물이 닿아도 젖지 않는 비늘가루가 있대. 덕분에 물 위에 앉아 쉬는 것이 가능하지. 쉬었다가 날고 쉬었다가 또 날고. 그렇게 날아 마침내는 원하는 세상에 도착한대. 자연이란 참 신비한 것 같아."

말을 끝내고 너는 나를 보았다. 시선이 따뜻하여 나는 알았다. 그건 응원이었다. 네 방식대로의 응원.

그 무렵 내 마음은 자꾸 바닥으로 떨어지고 있었다. 가야 할 길은 멀고 험한데 나의 존재는 작게만 느껴졌다. 자신감을 잃었다. 힘 내라는 말로는 충분하지 않았다. 최대한 힘을 냈지만 원하는 대로 되지 않았다. 화가 났다. 너는 나를 이해했다. 힘내라 하지 않고 대신 나비에 대해 말했다. 빗대어 말했던 것이다.

'황제 나비와 같다. 너의 몸은 작지만 큰일을 할 수 있다. 멀어 보이지만 갈 수 있다. 힘은 밖에서 오지 않는다. 네 안에 있다.'

나의 손을 보았다.

작지만 하루도 빼놓지 않고 무언가를 해왔던 손.

나의 발을 보았다.

크지 않지만 하루도 빼놓지 않고 걸어 여기까지 왔다.

앞으로도 그럴 것이다, 그럴 수 있다. 할 수 있음을 알았다.

내가 나를 응원하자 가슴속에서 나비들이 일제히 날개를 폈다.

날아서 도착할 바다 건너 거기, 아름다울 것을 나는 믿었다.

네가 있어 나는 다시 삶을 믿을 수 있었다.

나를 믿었다.

그날, 교정엔 아카시아 향기가 진하게 퍼져 있었다. 우리는 같이 걸었고 그림자는 나란했다. 당신의 그림자는 컸고 나는 작았다.

당신은 말했다.
오래전에는 그림자가 싫었다고.
떼어내고 싶지만 질기게 들러붙는 그 어둠은 부정하고 싶은 과거를 의미했다. '왜 더 좋은 환경에서 더 많은 기회를 갖고 태어나지 못한 것일까' 환경이 원망스러웠다고 했다. 자주 비행기에 몸을 실었던 것은 그림자 때문이었다고 당신은 고백했다.

바퀴가 땅에서 떨어지는 순간만큼은 그림자에서 자유로워지는 기분이 들었다고 했다. 멀리까지 가서 당신은 이야기 하나를 들었다.

그림자를 팔아버린 남자가 있었다. 대신 끝없이 돈이 나오는 주머니를 얻었다. 돈만 있으면 다 될 것 같았지만 사람들이 그를 피했다. 그림자가 없으니 이상해 보였던 거다. 홀가분할 줄 알았으나 외로웠다. 어디에도 속하지 못한 채 철저히 혼자로서 평생을 살다가 남자는 세상을 떠났다.

그 이야기를 듣고 당신은 그림자에 대하여 다른 생각을 갖게 되었다. 누구나 벗어날 수 없는 그림자를 갖고 살아간다는 공감. 의외로 소중했다. 상대를 이해하는 통로가 되고 서로를 보듬을 이유가 되어주었다. 덕분에 당신은 당신의 그림자를 용서할 수 있었다. 자유로워졌다고 했다.

고민이 많던 나에게 당신은 말하고 있었던 거다.
자신의 못난 모습까지 안아주라고.

당신 덕분에,
나는 나를 온전히 사랑하는 사람으로 살았다.

당신을 닮은 그림자로 걸었다.

"사랑하여 다른 무엇이 되려 하지 말고
사랑하여 대단한 사람이 되려 하지 말고
사랑하여 더욱 당신 자신이 되어주세요."

알라딘은 본래 좀도둑이었습니다. 궁을 탈출한 공주 자스민과 사랑에 빠졌지만 어떻게 해야 사랑을 이룰 수 있을지 알 수 없었죠. 어떻게 하면 자스민이 나를 사랑하게 될까. 어떻게 하면 그녀와 결혼할 수 있을까. 국법으로 공주는 왕자와 결혼하도록 정해져 있으니 마법을 사용하여 왕자가 되는 수밖에 없지 않을까. 알라딘이 물었을 때 지니는 사랑을 이루는 정석을 알려주겠다며 말했습니다.

"Be yourself. Remember. Just be yourself."

너 자신이 되어라. 진실을 말해라. 솔직해라. 처음에 알라딘은 지니의 말을 듣지 않았습니다만 역경을 이겨내는 과정에서 알게 됩니다. 지니가 옳았다는 것. 자스민이 원했던 것은 왕자가 아니라 알라딘 자신이었습니다. 솔직한 자신이 된 덕분에 알라딘은 공주와 평생을 함께할 수 있게 되었습니다.

사랑하여 우리는 '무엇'이 되려고 합니다. 다른 사람보다 뛰어난 무엇이 되려 하고 빛나는 이름을 갖고 싶어 하지만 사랑을 잃고 난 뒤를 기억해보세요. 간절했던 것은 그 사람이 아니면 할 수 없는 일들이었습니다. 다시 보고 싶은 것은 그 사람의 얼굴이었고 다시 듣고 싶은 것은 그 사람의 목소리였으며 돌아가고 싶은 순간이 있다면 그와 함께 있던 날들이었습니다. 오직 그 사람 하나가 필요했고 다른 무엇으로는 대체될 수 없었습니다. 사랑의 경험을 통해 우리는 알고 있습니다. 필요한 것은 그 사람 자체였다는 것.

그러니 사랑하여 다른 무엇이 되려 하지 말고 대단한 사람이 되려 하지 말고 사랑하여 더욱 당신 자신이 되어주세요.

"Just be yourself. Remember. Just be yourself."

사랑을 이루는 마법의 주문.

사랑하여 내가 가장 원했던 것은 바로 당신 자신이었습니다.

사랑하여 내가 가장 원했던 것은

바로 당신 자신이었습니다.

一

당신이 웃으면 우리도 웃을 거예요

어머니가 화장대 위에 올려둔 것은 여자가 오래전에 썼던 편지였다. 서랍에 넣어두고 종종 꺼내 읽으셨던가 보다.

열어보았다. 초등학생의 어린 글씨로 '사랑한다, 고맙다' 쓰여 있었고, 맨 마지막에는 다짐이 적혀 있었다.

'부지런히 잘 자라서 자랑스러운 딸이 되겠습니다.'

여자는 친구를 만나 물었다.
"뭐가 있을까. 사람이 사람에게 자랑스러운 존재가 되는 법."

오랜 친구는 답했다.

"어릴 때의 너를 기억해. 성실했고 무엇보다 투명했지. 정직해서 믿을 수 있었어. 말과 행동은 밝고 긍정적이었고 사람들은 너에게서 희망을 읽고 나눠 받았어. 내가 아는 모두가 너를 좋아했어. 나는 그런 네가 나의 친구라는 게 참 좋았어. 자랑스러웠어. 더 무엇이 필요하겠어. 네가 너인 것으로 충분한데."

듣고 있던 여자가 조용히 웃으며 말했다.
"너의 이야기를 들으니 진짜로 좋은 사람이 되고 싶어지네."

조금씩 더 좋은 사람이 된다.
함께라서, 그들은.
함께라서, 우리는.

'사회적 인간으로 살아가기 위해 우리는 가면을 쓴다. 그렇게 살아가는 시간이 길어지면 가면은 우리 얼굴에 달라붙어 떨어지지 않게 된다.'

책을 읽다가 발견한 문장에 여자는 손을 갖다 대었다.
한 글자 한 글자 손끝으로 한 번 더 읽었다.

혼자가 아니었다.
똑같은 마음으로 살아가는 사람이 이 세상에 있다는 실감.
안도가 되었다.

'나 혼자만 그런 것이 아니었다.'

회사 생활이 1년, 1년 길어질수록 여자는 본심을 숨기는 일에 능숙해졌다. 몸이 아픈 날에도 웃었다. 이별한 날에는 물론이고 실패를 맛본 날에도 티를 내지 않았다. 웃었다. 그것이 프로페셔널인 줄 알았는데 얼마 전에야 알았다. 웃는 얼굴을 가면처럼 쓰고 한참을 살다 보니 울지 못하는 사람이 되어버렸다는 것.

오래전 여자는 툭하면 눈물짓던 사람이었다. 자신의 아픔은 물론이고 타인의 슬픔 앞에서도 툭하면 눈물이 터졌는데 말라버렸다. 눈물샘은 물론 감정까지도. 깨닫는 순간 가슴속에서 서걱대는 소리가 났다. 사막에 부는 바람 같았다. 여자는 손을 들어 얼굴을 쓸어보았다.

'이것은 누구일까. 진짜인 나는 어디에 있는가.'

알 수 없었다. 답할 수 없었는데 눈물도 나지 않았다. 오래된 고단함이 밀려왔으나 여자는 어디로 가야 마음을 쉴 수 있을지 알 수 없었다.

너는 너 자신에게 지나치게 엄격했다. 책임감이 과도하다고 하면
너는 "아니다, 당연한 것이다" 했다. "사람이라면 이 정도는 성의
있게 살아야 하지 않는가" 물으며 너는 웃었다.

어른들은 너에게 충고했다.
"삶이란 길고 긴 길이다. 무리를 해서는 끝까지 갈 수가 없다."
너는 괜찮다 했다. 최선을 다하는 것이 네가 가진 최고의 장점이
라며 씩씩한 표정을 지었지만 결국 너는 쓰러졌다.

아파서 누워 있는 너에게 그 지경이 되도록 왜 그리 열심이었는
가 물었다.

너는 힘 빠지고 쓸쓸한 목소리로 대답했다.
"아마도 사랑받고 싶었던 것 같아."

길게 설명하지 않아도 이해할 수 있었다. 좋은 사람이 되고 남보다 나은 사람이 되어야 사랑받을 수 있다고 우리는 종종 착각한다. 실은 그렇지 않다. 대단한 사람이라 너를 좋아하지 않았다. 나는 네가 너라서 너를 좋아했다.

제대로 먹지 못하는 너에게 죽을 떠서 넣어주며 나는 말했다.
"너에게 무언가를 해줄 수 있으니 참 좋다. 느슨해져도 괜찮아. 그래도 예뻐."

내가 바라는 것은 네가 더 대단해지는 것은 아니다. 편안해지는 것이다. 느슨히 살면서 내가 너를 위해 무언가를 할 수 있는 시간을 달라 했다.

너는 나의 진심을 이해했다. 고개를 끄덕하고 웃었다.
마침내 편안한 얼굴, 유난히 아름다워 너를 보며 나는 다시 말했다.

"네가 너라서 나는 참 좋다."

"나의 사랑에 대하여 당신이 해주어야 할 가장 좋은 응답은
당신 자신으로서 사는 것,
당신이 당신으로서 행복해지는 것입니다."

사랑하여 우리는 더 큰 사람이 되기를 원합니다. 부끄럽지 않은 내가 되는 것을 넘어, 성실한 나로 사는 것을 지나, 상대가 나를 자랑스러워할 때까지 계속 달리고 싶어 합니다만 과연 그들이 원하는 것이 대단해진 우리일까요?

영화 〈아메리칸 셰프〉의 주인공 칼 캐스퍼는 이미 충분히 대단한 요리사였습니다. 적지 않은 팬을 갖고 있었고 일류 레스토랑의 주방을 책임지고 있었지만 자유롭지는 않았습니다. 행복하지도 않았어요. 일에서 오는 자기 안의 갈등을 이기지 못해 가족을 챙기지도 못했죠. 이혼 당하고 비참하게 혼자 살아가는 중이었습니다. 칼은 계속 새로운 메뉴를 개발하고 싶어 했습니다. 도전하

고 싶고 성장하고 싶어 했지만 레스토랑 오너는 안정을 원했습니다. 잘 팔리는 메뉴만을 내놓고 싶어 했죠. 덕분에 유명한 음식 평론가에게 칼은 혹평을 들어야 했습니다.

"한때 그의 팬이었던 것이 부끄럽다. 칼은 나아진 것이 없다. 오히려 몰락하고 있다."

분노가 폭발했습니다. 사고가 있었고 결국 칼은 레스토랑을 그만두어야 했죠. 일자리는 구해지지 않았습니다. 헤매고 있을 때 이혼한 아내가 제안을 해왔습니다. 헤어지긴 했지만 아내는 여전히 칼을 사랑하고 아끼고 있었어요. 누구보다도 칼을 잘 아는 사람이기도 했고요.

"칼, 당신만의 푸드 트럭을 만들어봐요. 당신은 자유롭게 일하는 게 어울려요. 당신 스스로 주인이 되면 원하는 메뉴를 얼마든지 새로 개발해도 되잖아요."

사실 오래전부터 아내는 칼에게 푸드 트럭을 추천해왔어요. 칼역시 자유롭게 일하고 싶었지만 자존심 때문에 선뜻 차를 끌고 나설 수가 없었는데 이제는 벼랑 끝에 서게 됐으니 선택의 여지가 없었습니다. 때마침 방학이라 아들 퍼시도 따라나섰죠. 아빠와 보내는 시간에 늘 목이 말랐던 퍼시였어요. 칼은 트럭을 끌고 미국 전역을 돌면서 자신만이 만들 수 있는 쿠바 샌드위치를 팔았고 퍼시가 SNS를 맡았습니다. 샌드위치 트럭의 위치를 알리고 동영상으로 일상을 찍어 업로드했죠. 가는 곳마다 사람들이 길게 줄을 섰어요. 칼은 신이 났습니다. 아버지 곁에 있을 수 있어서,

아버지에게 도움이 될 수 있어서 퍼시 또한 행복했습니다. 시간이 날 때는 아내도 함께했죠.

얼마 뒤 문제의 음식 평론가가 트럭을 찾아왔어요. 아내는 "당신 같은 사람에게 팔 샌드위치 따위는 없다"며 화를 냅니다만 평론가는 이미 몰래 사서 먹어봤다며 제안을 하나 했습니다. 레스토랑을 만드는 중이다. 당신이 맡아주지 않겠는가. 덧붙여 말했죠.

"나는 오랫동안 당신의 팬이었어요. 당신의 요리에서 열정이 사라져서 실망했었죠. 레스토랑 요리에는 당신이 없었어요. 하지만 샌드위치에서는 당신이 느껴집니다. 돌아와줘서 고마워요."

결국 모두가 행복해졌습니다. 칼이 그 자신이 되려 했기 때문에, 자기다운 방식으로 살기 위하여 모험을 감행했기 때문에 즐거운 해피엔딩이 찾아온 것이겠죠.

사랑하는 사람에게 우리는 어떤 메시지를 주는 사람으로 살고 있을까요. 저는 칼의 아내처럼 사랑하고 싶습니다. 위기가 찾아오거든 기회일 거라고 말하는 사람. 아프게 했던 사람에게 같이 화내는 사람. 밀려오는 파도를 같이 헤쳐 가는 사람. 무엇보다도 이렇게 말하는 사람.

"대단한 존재가 되지 않아도 괜찮아요. 당신 자신으로 있어주세요. 당신으로서 행복해주세요. 당신이 웃는다면 우리도 웃게 될 테니까. 나의 사랑에 대하여 당신이 해주어야 할 가장 좋은 응답은 당신 자신으로서 사는 것, 당신이 당신으로서 행복해지는 것입니다."

당신으로서 행복해주세요.
당신이 웃는다면, 우리도 웃게 될 테니.

一

사랑하는 사람에게 줄 수 있는 가장 좋은 것은 시간이에요 사랑은 언제나 사랑일 거라고 남자는 믿었다. 마음을 확인하면 안심이 되어 이내 일하는 사람으로 돌아갔다. 사랑을 지키기 위해 해야 하는 것들에는 이내 소홀했다. 믿기 때문이라고 남자는 말했지만 여자는 믿는 것과 소중히 하는 것은 별개로 중요하다, 소중히 해주어야 잘 자란다 했다.

여자와 남자는 사랑에 대하여 다른 그림을 그렸다.

여자는 말했다. 사람이란 움직이는 존재다. 마음도 같지 않겠는가. 지키려는 노력이 필요하다. 하지만 남자는 이리저리 움직이지 않아야 진짜 사랑이라 믿었다. 마치 나무처럼 뿌리를 내려 거기 있기를 바랐다.

다르다, 혹은 틀리다고 여자는 말하지 않았다.

대신 화분 하나를 선물로 주었다. 자신이 오래 키운 식물이었다. 여자가 들인 시간과 노력이 담겨 있었다. 남자는 식물을 한동안 잘 보살폈으나 곧 바빠졌다. 정신을 차려보니 잎이 시들했다. 서둘러 물을 주었다. 다행히 살아났으나 잎의 끝에 시들었던 흔적이 남았다. 갈색으로 변해 본래의 초록으로 돌아가지 못했다. 갈증과 무관심의 흔적을 지울 수 없었다.

많이 미안하더라고 남자가 말하자 여자는 사람도 다르지 않다 했다. 남자, 여자가 말하려는 것을 알아들었다. 그제야 여자의 표정을 살폈다. 찬찬한 시선 속에 여자의 얼굴이 피어났다. 물을 머금은 초록 같았다.

사랑이란 본디 어떤 것인가, 어떠하기를 바라는가. 더는 중요하지
않았다. 이제 남자에게는 자기 앞의 사람이 더 중요했다. 지금 여
자가 웃고 있다는 사실이 가장 소중했다. 너무 늦지 않아 다행이
다, 하고 남자는 안도했다.

필요한 것은 지키려는 노력.

소중한 모두에 대하여 남자, 더는 늦고 싶지 않았다.

"아버지는 미안하다는 말을 너무 많이 하셔. 대체 뭐가 항상 미안하신지 정말 모르겠어."

너는 너의 아버지에 대해 말했다.

너의 아버지는 1년 전에 퇴직을 하셨다. 당신이 원한 것은 아니었다. 너의 아버지는 더 일하기를 원하셨다. 퇴직을 결정하게 된 것은 가족들의 걱정 때문이었다. 너무 오래 고생하셨다, 그만 일하고 쉬시면 좋겠다, 보는 사람 마음이 힘들다, 모두가 부탁했다. 평생 가족을 위해 부지런했던 너의 아버지는 이번에도 가족을 위해 일손을 놓으셨다.

일을 쉬면 한결 편해지실 거라 너는 믿었으나, 아버지의 어깨는 급하게 굽어지고 좁아졌다. 그러고는 자꾸 미안하다, 미안하다 하셨다. 대체 뭐가 미안하다는 거냐. 결국 화를 내고 말았다며 너는 나를 찾아와 속상하다 했다.

조금이지만 나는 너의 아버지 마음을 알 것도 같았다. 더 사랑하는 사람으로 나도 살아보았다. 오래오래 더 많이 사랑하는 사람으로 살다 보면 주는 일은 갈수록 당연해지고 받는 일은 점점 낯설어진다. 당연한 호의까지도 고마워지고 한편으론 '내가 해줬어야 하는데 오히려 받고 있구나' 미안해진다.

나의 말에 고개를 끄덕이면서도 너는 "하지만"이라 말하고 덧붙였다.

"하지만 앞으로는 미안하다고 말하고 싶을 때마다 사랑한다고 말해주면 좋겠어."

너의 아버지는 분명 어색해하실 것이다. 어색해하며 또 미안하다 하실지도 모른다. "사랑한다는 말을 못해줬구나, 쉽지 않구나, 미안하다" 하실 것이다. 결국엔 네가 먼저 사랑한다 말할 것이다.

이어서 두 사람 어떤 표정을 지을까.
어떤 얼굴이더라도 예쁠 것 같다.

사랑의 확신은 어디에서 오는 거냐고 너는 질문했다. 나는 네게
질문의 이유를 물었다.

"그가 사랑한다는 말을 해주지 않아."

답을 하는 너의 얼굴 어두웠다. 나는 질문했다.
그는 너를 기다리게 만드는 사람인가. 약속을 어기는가. 너에게
소홀한가. 너의 말에 귀를 기울이지 않는가. 너를 보는 눈빛이 따
스하지 않은가.

모두의 질문에 대하여 너는 같은 답을 했다.

"아니, 아니, 아니."

거듭되는 부정 속에서 너는 긍정의 마음을 찾았나 보다. 환해진
얼굴로 수많은 사랑의 증거를 두고 겨우 '사랑한다' 네 글자에 불
안해했구나, 웃었다.

사랑의 확신은 말에서 비롯되지 않는다.
전부에서 온다.

눈빛, 목소리의 온도, 손끝의 배려, 약속의 이행,
귀를 기울이는 자세…….

더 깊은 확신은 그 전부에서 온다.

너는 깨달았고 안심했다. 웃었다.
또 하나의 사랑 확실해졌다.

"중요한 사람이 되려 하지 말고
대단한 사람이 되려 하지 말고
옆에 있어주는 사람이 되어주세요."

〈그렇게 아버지가 된다〉는 시간에 대한 영화입니다. 정확히 말하면 함께하는 시간의 가치에 관한 영화.

주인공 료타는 명문 대학을 졸업하여 일류 기업에 다니는 엘리트입니다. 부러울 것 없는 인생을 뒤흔든 것은 여섯 살 아들 케이타에 관한 소식이었어요. 출생 당시 병원 사정으로 아이가 바뀌었다고 했죠. 유전적 아들인 류세이를 만났을 때 료타는 당황합니다. 자신이 바라는 아들의 모습이 전혀 아니었거든요. 류세이는 가난하지만 자유분방하고 사랑이 많은 가정에서 자랐습니다. 료타가 바라는 예절 교육이며 엘리트 학습 같은 건 전혀 되어 있지 않은 상태였죠.

료타는 두 아이 모두를 키우고 싶어 하지만 현실이 허락되지 않았습니다. 꼬박 6년을 키워온 케이타와 피가 섞인 류세이, 둘 중 누구와 앞으로의 날들을 함께해야 하나 고민이 계속되었는데 결정을 내리는 동안 두 가정은 자주 왕래를 했습니다. 류세이를 키워온 아버지는 야망은 없었지만 사랑은 많은 사람이었어요. 다음은 그와 료타의 대화입니다.

　"아이랑 같이 있는 시간을 더 만들지 그래요. 지난 반 년만 봐도 케이타가 료타 씨보다 나와 더 많은 시간을 같이 있었어요."

　"시간이 전부만은 아니니까요."

　"무슨 소리예요. 시간이에요. 아이들에겐 시간이에요."

　"내가 아니면 안 되는 업무들이 있어서요."

　"아버지라는 일도 다른 사람이 못하는 일이죠."

　'시간이에요.' 이 하나의 문장을 영화는 끝까지 밀고 갑니다.

　이번에는 저의 이야기를 좀 해볼게요. 사랑하기 때문에 더 큰 사람이 되려 하던 날들이 저에게도 있었습니다. 아버지 어머니의 생신 카드에는 언제나 더 열심히 해서 자랑스러운 딸이 되겠다고 적었지만 끝일 수도 있는 순간은 예상치 못한 날에 찾아왔어요. 당장 죽을 수도 있다던 의사에 말에 가장 먼저 떠올랐던 것은 남겨질 사람들이었습니다. 남겨질 내 사랑하는 사람들. 다행히 저는 천분의 일의 확률로 살아났지만 감히 안다고 말할 수 있습니다.

　'생이 끝나려 할 때 우리가 가지고 가는 것은 사랑했던 사람의 기억, 사랑했던 사람과 보낸 시간이라는 것.'

남겨진 사람 역시 마찬가지겠죠.

고맙게도 제가 병원에 누워 있는 동안 조카가 태어났습니다. 죽음을 걱정하던 우리 가족은 비로소 눈을 돌려 갓 태어난 생명을 보았고 모처럼 환하게 웃었습니다. 갓난아이를 보며 우리는 새삼 알았습니다. 진짜인 사랑은 존재 자체로 소중합니다. 무엇이 되었기 때문도 아니고 무엇을 해주기 때문도 아니었습니다. 옆에 있기 때문에 소중하고, 나에게로 와주었기 때문에 소중하고, 존재 자체로 소중합니다.

그러니 무엇이 되기 위하여 함께할 시간을 낭비하지 않는다면 좋겠어요. 중요한 사람이 되려 하지 말고 대단한 사람이 되려 하지 말고 옆에 있어주는 사람이 되어주세요. 아무래도, 아무리 생각해도 저는 그것이 사랑인 것 같습니다.

사랑의 확신은 말에서 비롯되지 않는다.
전부에서 온다.

一

좋은 사랑 곁에는 좋은 우정이 필요합니다

"사랑이 왔어"라며 웃던 너를 기억한다.

너와 그는 가까이 살았다. 동네 친구였다. 혼자 밥 먹기 싫은 날이
면 너는 그를 찾았다. 그도 너와 같았다. 장을 본 것을 둘이 나누
기도 했고, 밤공기가 선선한 밤이면 배드민턴 채를 들고 공원에
서 만나기도 했다.

차곡차곡 쌓인 우정이 자연스레 사랑이 되었다. 사랑의 처음에는
모든 것이 다 좋지만 너는 '언제나 거기 있다'는 것이 가장 좋다
했다.

오랜만에 보는 너의 얼굴은 그때와 많이 달랐다.

너는 허전해진 얼굴로 말했다.

"자꾸 기대게 돼. 기대하게 되고. 필요할 때 옆에 없으면 원망스럽고 말이야. 불과 몇 달 전만 해도 혼자서 모든 것을 헤쳐 나갔는데. 이런 것이 사랑이 만드는 욕심일까?"

걱정하고 있었다, 너는.
너의 욕심이 그를 부담스럽게 할까 봐 두려워하고 있었다.

나는 말했다.
"괜찮아. 욕심내면 뭐 어때. 조금 부담스러워도 괜찮아. 모두가 사랑이야. 욕심도, 부담도 다 사랑 아니겠어?"

기꺼이 기대고 기꺼이 안아주며 나는 네가 괜한 걱정 없이 사랑하면 좋겠다. 사랑 안에서 충분히 행복하기를 바란다.

그러나 사랑해본 사람은 누구나 알고 있다. 허전한 날은 기어이
온다. 하나가 하나의 마음을 몰라줘서, 똑같지 않아서. 혹은 사랑
이 커지는 속도보다 욕심이 커지는 속도가 더 빨라서.

사랑해도 속이 허한 날이 오거든 내가 너의 곁에 있겠다.
나에게 기대 허한 속을 채우고 돌아가 계속 사랑하기를 바란다.
이것이 내가 너의 사랑을 응원하는 방식.

좋은 사랑의 곁에는 좋은 우정이 필요하다.
너의 속 깊은 친구가 되기를 원한다.

마음이 드러누워 도대체 일어나지지 않는 날이 있다.

그날 나는 그랬다. 몸도 마음 못지않게 무거웠으며 머릿속도 엉망이었다. 생각은 같은 자리를 맴돌았고 좋은 방향을 찾지 못했다. 툭하면 길을 잃었다. 그래서일까, 오후 늦게까지 일어나지 못했는데, 벨이 울렸다.

나가보니 네가 서 있었다. 손에는 먹을 것과 청소 도구, 꽃과 읽을 것들이 들려 있었다. 들고 온 것을 나에게 안겨주고 너는 성큼 나의 집 안으로 들어와 마실 것을 달라, 먹을 것을 달라, 커튼을 열어라, 음악을 틀어달라, 여기를 치워달라, 자꾸 그랬다.

느린 몸짓이긴 했지만 나는 네가 원하는 대로 움직였다.

우리는 함께 청소를 했다. 빨래를 돌려 햇빛에 널었으며, 같이 땀을 닦았다. 모처럼 웃음이 났다. 처음엔 네가 곁에 있어서라고 생각했는데 아니었다. 네가 떠난 뒤에도 내 마음은 밝았다. 다음 날 나는 일찍 일어났다. 저녁에 도착할 너를 위해 밥을 지었다. 우리는 같이 자전거를 탔고 산책을 했다.

우리는 며칠을 함께했고 누워만 있던 내 마음은 하루하루 몸을 일으켰다. 무겁던 발걸음도 가벼워졌다.

고민에 빠져 있던 나에게 너는 말없이 말하고 있었던 것이다.

'상황을 바꾸는 것은 생각이 아니다. 말도 아니다.
무엇보다 행동이다.'

나를 움직이게 하는 네가 있어 나는 좋았다.
같이 행동해주는 네가 있어 나는 다시 살았다.

"좋은 일이 있을 때 같이 기뻐해줄 사람, 몇 명이나 있니? 인사치
레로 말고 진심으로 기뻐해줄 사람, 몇 명이나 될까?"

너의 질문에 나는 당황했다.
짐작할 수 있었다. 너의 마음. 너의 상태.

한동안 너에겐 어려운 일이 많았다. 너는 묵묵히 헤쳐 나갔다. 고
비를 넘고 나니 완전히 다른 세상이 너를 기다리고 있었다. 좋은
일이 많았다. 축하받아야 할 일이 자꾸 생겼다. 얻는 것이 컸으나
잃는 것도 있었다. 너에겐 힘든 날 너의 곁을 살뜰히 지키던 친구
가 있었다. 고마워서 너는 그 친구를 소중히 여겼다. 너에게 좋은
일이 생기자 너는 가장 먼저 그 친구에게 연락을 했다.

처음엔 좋아해주었다. 같은 일이 반복되자 나중에는 아니었다. 당연히 기뻐해줄 거라 여겼으나 기꺼이 축하를 해주지 않았다. 미묘하게 상처를 주기도 했다. 아팠으나 너는 거리를 두지 않았다. 두지 못했다. 그래도 어려운 날 함께 있어줬던 사람인데, 소중한데, 미련이 남았다.

나는 웃었다. 너는 그런 사람이었다. 질투라는 것의 이유나 구조를 모르는 사람이었다. 나에게 기쁜 일이 생기면 가장 좋아해주는 사람, 바로 너였다. 말해주었다.

"속상한 마음은 이해해. 하지만 생각보다 많은 사람이 그 친구와 같아. 부쩍부쩍 자라나는 사람 곁에 있으면 스스로 작아지는 기분이 들거든. 사실은 그 점이 불편해서 뾰족하게 구는 거야. 네가 미운 것이 아니라 성장이 느린 자신이 미운 거지."

"그럴 수도 있겠다."

너는 고개를 끄덕였으나 표정은 여전히 무거웠다. 너는 머리로는 이해했지만 가슴으로는 아파하는 것이 분명했다.

헤어지고 잠시 후, 나는 너에게로 돌아갔다. 나는 너의 현관 벨을 눌렀다. 문을 열어주는 너에게 차가운 맥주 한 팩을 안겨주며 말했다.

"이제 우리 축배를 들자. 함께."

즐거이 나는 너의 좋은 일을 축하해주었고, 너는 나를 위해 기꺼이 행운을 빌어주었다. 잔과 잔이 부딪히는 소리는 유난히 맑았고

우리는 혼자일 때보다 더 많이 웃었다.

"좋은 우정은 상처를 치유해주고
정말로 중요한 것이 무엇인지 알게 하며
버려야 할 것을 버리고 앞으로 나갈 용기를 줍니다."

영화 〈파니 핑크〉. 절망 속에 있는 스물아홉의 여자 파니가 주인
공입니다. 서른 살 여자가 결혼을 하는 것은 원자폭탄을 맞을 확
률보다 낮다는 말을 들으며 자라왔죠. 스물아홉에서 서른 사이,
파니의 마음은 죽은 것과 같았습니다. 실제로 죽음을 연구하는
모임에 나갈 정도였어요. 괴로웠고 외로웠죠.

함께 이야기를 나눌 사람이 간절했습니다. 같은 건물에 살고
있던 세네갈에서 온 점성술사 오르페오를 처음 만나던 날 파니는
말했습니다.

"내 삶이 레코드판처럼 돌아가는 것 같아. 내 삶은 어디쯤에 있
는 것일까. 당장 내일 죽을 수도 있고 아닐 수도 있겠지. 내게 과

연 대화 상대가 생길까? '날씨가 정말 좋아, 열쇠 잊지 마.' 이런 말을 나눌 수 있다거나 '파니, 내 인생에는 네가 필요해'라고 말해줄 사람."

스물아홉에서 서른으로 넘어갈 무렵 많은 사람들이 하는 고민이죠.

오르페오가 미래를 예언해주었습니다. 금발에 검은 차를 탄 남자가 나타날 텐데 23이라는 숫자와 관련이 있을 거라고 했어요. 정말로 예언과 꼭 부합하는 남자가 파니 앞에 나타났습니다. 파니가 살고 있던 건물 관리인 남자였는데 차 번호판에 2323이라고 쓰여 있었죠. 운명의 상대라고 여긴 파니는 그의 차를 향해 돌진합니다. 머뭇거릴 시간이 없다고 느껴서 억지를 부렸던 거예요. 우여곡절 끝에 달콤한 시간을 갖기도 하지만 결국엔 실연을 당하고 말아요.

상처 받은 파니를 오르페오는 말없이 안아주고 등을 쓸어줍니다. 실은 오르페오도 이별을 앓고 있는 중이었어요. 둘은 서로의 아픈 곳을 핥아주는 상처 받은 작은 동물들처럼 서로를 위로했습니다. 상처 받은 친구를 보살피며 자신의 상처를 극복했죠. 두 사람 모두 차차 건강해졌어요.

그리고 마침내 서른 살이 되던 생일. 혼자였다면 울며 보냈을 생일을 파니는 실컷 웃으며 보냈습니다. 퇴근하고 현관문을 여니 오르페오가 파니가 좋아하는 해골 분장을 하고 서 있었어요. 초를 잔뜩 꽂은 케이크를 들고 흔한 생일 축하곡 대신 파니가 가장 좋아하는 노래, 에디트 피아프의 〈아무도 나를 사랑하지 않아〉를 불러주었죠. 파니의 취향을 있는 그대로 최대한 존중한 아름다운 파티였어요.

파티가 끝난 뒤 오르페오는 고향으로 떠났고 그가 살던 집에 새로운 사람이 이사를 왔습니다. 재미나게도 파니와 같은 모임에 속해 있는 남자였어요. 죽음에 관심이 많았지만 웃음도 많던 남자는 첫눈에 파니에게 반해서 말을 걸어왔습니다. 파니는 예쁘게 보이려는 대신 자신이 하고 싶은 말로 대답을 해요. "모든 육신은 시체가 된다." 남자는 웃으며 응답했습니다. "나만 그런 건 아니죠"라고.

파니는 남자의 대답이 마음에 꼭 들었고 즐거운 인연의 시작, 카메라가 남자의 등을 비추었는데 검은 셔츠에 23이라고 쓰여 있었어요. 오르페오가 말해준 운명의 숫자였죠. 파니는 오르페오가 있는 쪽 하늘을 바라보며 웃었습니다. 나지막이 오르페오의 이름을 부르면서요.

영화 〈파니 핑크〉는 사랑에 대하여 우정이 할 수 있는 좋은 일들을 보여줍니다. 오르페오와 친구가 된 덕분에 파니는 사랑 앞에 조급해지는 마음을 잊었고 자신으로 살게 되었어요. 덕분에 다음 사랑을 맞이할 수 있었고요. 멋진 우정은 나쁜 사랑으로부터 우리를 구원합니다. 상처를 치유해주고 버려야 할 것을 버리게 하는 동시에 정말로 중요한 것은 자신으로서 건강하게 사는 일임을 알게 해주죠.

오르페오가 준비했지만 참으로 파니다웠던 서른 번째 생일파티만큼 좋았던 것은 그가 남긴 마지막 인사였습니다.

"자꾸 뒤를 돌아보지 말고 미래를 걱정하지 말고 시계는 차지 마. 시계는 자꾸 몇 시인지, 얼마나 지났는지, 얼마나 남았는지를 걱정하게 하지. 초조해하지 말고 걱정하지 말고 항상 '지금'이라는 시간만 가져. 계속 앞으로만 가. 알겠지?"

사랑이 소중해도 우리, 우정에 게으르지 않았으면 좋겠어요.

좋은 친구는 우리를 계속 앞으로 나아가게 하고 덕분에 우리는 고비를 넘어 전보다 현명한 사랑에 도달할 테니 우정을 가꾸는 일에 게으르지 않았으면 좋겠어요, 사랑이 소중해도, 사랑이 소중할수록, 우리.

좋은 사랑 곁에는 좋은 우정이 필요하다.
너의 속 깊은 친구가 되기를 원한다.

거기,

Scene 02

우리 둘의 봄이 시작되던

一

가장 중요한 것 하나만 통한다면 그것만으로도 충분해요

밤의 기차 안에서 그들은 만났다.

여자는 바르셀로나에서 출발하여 그라나다를 향해 가고 있었다. 여자는 혼자 여행 중이었고 기차에서 내릴 때까지 남자는 내내 여자의 옆자리에 있었다. 승객 대부분이 잠든 시간이었지만 여자는 낯선 긴장감에 계속 깨어 있었다.

남자가 잠들지 못한 것은 아마 여자 때문이었던 것 같다. 여자가 움직이면 남자는 몸을 움츠렸다. 자리가 좁아 불편할까 걱정하는 듯했다. 고맙고 미안하여 여자는 식당 칸에 들른 김에 따뜻하게 마실 것을 사다 주었다.

그렇게 이야기가 시작되었다. 두 사람 모두 영어가 서툴렀지만 그래도 통했다. 음악을 좋아한다 했더니 남자는 이어폰을 꺼내 자신이 즐겨 듣는 음악을 들려주었다. 여자도 똑같이 했다. 두 사람이 쓰는 문장은 짧았으나 소통은 즐거웠다. 남자가 말했다.

"사실 이건 누구에게도 말하지 않았던 비밀인데."

여자는 이해했다. 어떤 비밀은 혼자 담고 있기엔 너무 무겁고 꺼내놓기엔 너무 위험하니 그걸 털어놓기에 가장 좋은 것은 낯선 사람이다. 모르던 사람. 스쳐갈 사람.

들어주는 것으로 충분하다는 것을 여자는 경험으로 알고 있었다. 남자가 이야기를 끝낸 뒤 여자도 자신의 비밀을 이야기했다. 두 사람은 함께 가벼워졌다.

그라나다에 도착했을 땐 아침이었다.

여자를 보내며 남자는 "안녕, 친구"라고 말했다. 두 사람은 거기서 헤어졌다. 이메일 주소조차 묻지 않았으나 남자의 나라를 떠올릴 때면 여자는 생각했다.

'거기, 나의 친구가 있다.'
그것으로 충분했다. 고마웠다.
변하지 않았다.

언제나 좋았다.

우리는 이별을 앞두고 호수 앞에 서 있었다. 너는 말이 없었고 종 종 작은 돌을 집어 호수 안으로 던져 넣을 뿐이었다.

나는 우리가 맨 처음 사랑이 되던 날을 기억했다. 그날도 우리는 오늘과 같은 자리에 서 있었다. 겨울이었고 호수는 얼어 있었다. 너는 조약돌을 얼어붙은 호수 위로 던지며 말했다.
"물이 녹아 저 돌이 호수 안으로 들어가는 날이 오겠지. 그때는 아 마 봄날일 거야."
얼어 있는 내 마음을 너는 걱정했던 것 같다.

너의 말대로 어김없이 봄은 왔다. 나의 마음도 녹았다.
한결같은 네가 나는 고마웠다.

우리는 같이 봄날을 맞이했으나 설레던 사랑은 익숙해졌고 귀찮은 것이 되기도 했다. 서로에게 화를 내고 원망하고 등을 돌렸지만 우리는 결국 서로에게 돌아갔다. 돌아가서 다시 사랑하고 다시 생채기를 내고 다시 등을 돌리고 다시 찾아가기를 반복하다가 지쳐버렸던 것 같다. 우리가 선택할 수 있는 것은 이제 이별뿐인 것 같았다.

너는 나를 데리고 우리의 맨 처음에 있는 호숫가로 갔다. 너도 나도 말이 없었는데 바람을 따라 종소리가 들려왔다. 한참 동안 그치지 않았다. 너는 고개를 돌려 나를 보았고, 말했다.

"종소리 참 좋다."

나는 고개를 끄덕였다. 우리는 나란히 서서 종소리를 들었고 나는 알았다. 좋은 것이 있을 때 같이 나누고 싶은 사람, 여전히 너였다. 같은 마음이었던 걸까. 네가 나의 손을 잡았다. 너의 손, 여전히 따뜻하여 알 것 같았다.

아직 사랑이 남았다는 것.
여기서 멈추면 남은 사랑은 상처가 될 것이라는 것.

종소리가 이어졌다.

마치 계속 같이 들어달라 말하는 것 같았다.

나는 너의 손을 더 꼭 잡았다. 우리는 잡은 손을 놓지 않았다.

나누고 싶은 것이 남았다. 같이 있고 싶은 마음이 남았다.

사랑은 계속될 것이다.

여자는 생각했다.

'그때, 나는 왜 그토록 모진 말을 그에게 퍼부었을까.'

그들은 지난봄에 마지막으로 만났다. 다시는 만나지 못했다. 어떤
연락도 없었다. 이별이라는 말은 하지 않았다. 때문에 여자는 한
동안 기다렸고 나중에는 묻고 싶었다.

'우리는 정말로 끝난 것일까.'

여자가 전화를 걸지 못했던 것은 마지막 날 남자에게 자신이 퍼
부었던 말 때문이었다. 너무 지나쳤고 무책임했다. 그럼에도 여자
는 언제나처럼 남자가 거기 있을 것으로 알았다. 믿었다.

하지만 남자는 가버리고 다시 오지 않았다. 왜 진작 멈추지 못했을까. 여자는 남자를 원망하다가 나중엔 자신이 미워졌다.

늦게야 남자가 자신의 가장 가운데 있는 존재임을 여자는 알았다. 사라지면 무너질 것이었다. 두려워서 중심을 잃었던 거다. 천천히 여자는 자신을 이해했으나 용서는 되지 않았는데 잃었던 열쇠 하나를 찾았다. 오래된 일기장의 열쇠였다.

자물쇠를 여니 추억 또한 열렸다. 하나같이 아름다웠다. 이것이 시간이 가진 힘이겠지, 하다가 궁금해졌다.

'그는 어떨까. 그도 나처럼 미움과 원망, 후회를 넘어 지금쯤은 그립지 않을까.'

마침내 그들은 마주 앉았다.

미안하다, 여자가 말하자 남자는 대답했다.

"참 이상하지. 이제는 좋았던 것만 기억나."

나쁜 것을 지우고 좋은 것을 남기는 기억의 방향까지 두 사람은 닮아 있었다. 여전하다는 것을 알았다. 길을 나서며 남자는 여자의 손을 잡았다. 이별했던 시간은 없었던 것처럼 두 사람, 여전히 나란했다.

닮은 속도로 걸었다.

"가장 중요한 것 하나가 통한다면
사실은 그것만으로도 충분하잖아요.
이미 충분히 대단하잖아요."

붐비는 거리를 걷다가 '세상에 이토록 많은 사람들이 있는데 딱 맞는 내 사람 하나 찾을 수 없구나' 싶어 속이 헛헛해지는 날이 있습니다. 영화 〈부에노스아이레스에서 사랑에 빠질 확률〉의 주인공 마틴과 마리아나도 같은 마음이었죠.

마틴은 웹디자이너입니다. 컴퓨터로 모든 걸 해결해요. 일도 하고 쇼핑도 하고 사람도 온라인 채팅으로 만납니다. 강아지를 산책시킬 때 외에는 밖에 나가려고 하지 않습니다. 강아지는 7년 전 헤어진 마지막 여자 친구가 남긴 것이었어요.

마리아나는 쇼윈도 디스플레이어입니다. 4년 동안 어렵게 이어오던 연애를 끝내고 막 집으로 돌아온 참이었죠. 반기는 것은 마네킹뿐이었습니다. 사람을 닮았지만 체온도 없고 소통도 할 수 없어 그녀를 더 쓸쓸하게 했죠.

외로움 속에서 마틴과 마리아나는 상상했습니다.

'내 운명의 상대는 어디 있을까. 어떤 사람일까.'

그들이 사는 부에노스아이레스 산타페 거리는 밤낮없이 사람들로 붐볐지만 두 사람은 매일 외로웠습니다. 사람이 많아 오히려 더 외로웠는데 기회는 상상도 못한 순간에 찾아왔습니다. 갑자기 도시 전체가 정전이 되었어요. 다음 장면, 빛이 필요했던 마틴과 마리아나, 양초 가게에 나란히 서 있었습니다. 주문을 하고 기다리는 동안 가게 안이 완벽한 어둠에 잠깁니다. 당황해서 움찔하다가 두 사람의 손이 스쳐요. 찌릿 전기가 통했죠. 강렬하고 특별한 느낌 속에 불이 켜집니다. 마틴과 마리아나는 그제야 서로를 알아보았어요. 사랑이 시작되었습니다.

운명의 상대를 찾고 있지만 찾아지지 않는다면 너무 많은 것을 보기 때문인지도 모르겠어요. 너무 많은 것을 기준으로 두고 상대를 재단하곤 하지만 가장 중요한 것 하나가 통한다면 사실은 그것만으로도 충분하잖아요. 이미 충분히 대단하잖아요. 통한다면 뛰어드는 게 어떤가요. 나머지에 대해서는 눈을 감아도 괜찮을 것 같은데.

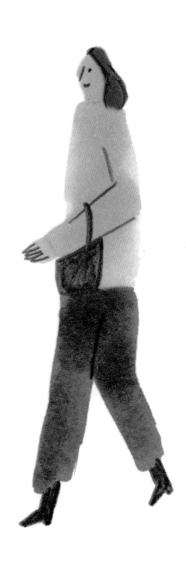

一

때론 잘못 탄 기차가 우리를 목적지에 데려다주기도 합니다 여자에게는 좋은 선배가 하나 있다. 나이 차이가 많이 나 사실 선생님이라 불러야 마땅했으나 "원하지 않는다, 선배 정도가 좋겠다" 하셔서 선배라 부르게 되었다.

종종 찾아가 여자는 마음을 말했다. 선배에게라면 어떤 말을 해도 다 괜찮을 것 같았다. 실제로 괜찮았다. 못난 짓을 했다 고백해도 선배는 나무라는 법이 없었다. 네가 또 바보 같았구나, 하시며 귀엽다 웃으셨다.

요즘 여자는 사랑이 불안했다. 자신의 진심이 연인에게 가서 닿지 않는 것 같았다. 자꾸 엇갈렸고 그래서 초조했다.

그런 여자에게 선배는 오래전 자신의 이야기를 들려주셨다.

선배는 여고생이었고 상대는 대학생이었다. 휴대전화는커녕 호출기도 없던 시절. 마음을 담아 보낼 것은 편지뿐이었다. 선배는 부지런히 편지를 썼다. 하지만 남자의 답장은 뜸했다. 이해할 수 없었다. 가끔 만나지는 남자의 눈빛은 명확하게 다정했는데 만나고 돌아가면 잠잠해지는 이유를 알 수 없었다. 이따금 편지 몇 통이 도착했고 선배가 할 수 있는 것은 기다리는 일뿐이었다. 매일 기다렸다. 기다리는 날이 길어질수록 감정은 깊어졌다.
선배가 대학에 입학하자 남자는 군대에 갔다. 선배는 또 기다렸다. 여전히 편지는 뜸했다. 깊어진 것이 사랑인지 궁금증인지 알 수 없는 채로 시간이 흘렀다. 남자가 제대를 했을 때 선배는 제법 어른이 되어 있었다. 그리움이 쌓여 뜨거운 사랑이 되었다. 마침내 둘은 열렬히 사랑했고 영원을 약속했다.

그런데 결혼식을 앞두고 선배의 어머니가 뜻밖의 고백을 했다. "실은 편지가 참 많이 왔는데 내가 다 버렸다." 어머니는 둘의 만남이 흡족하지 않았지만 헤어지라고는 말할 수 없었다. 그저 남자의 편지가 도착하면 숨기고 버리면서 둘이 멀어지기만을 바랐다. 그런 가운데도 편지 몇 통이 주인을 찾아와 사랑을 이루게 했다며 선배는 말했다.

"그가 보낸 편지를 만약 내가 모두 다 받았으면 어땠을까? 간절함이 덜했겠지. 관계가 달라졌을지도 몰라. 어떤 인연에는 엇갈림이 오히려 끈이 되더라."

선배는 두려워하지 말라고 말하지 않았다.
조언을 보태지도 않았다.
그저 자신의 삶으로 후배의 사랑을 응원할 뿐이었다.

고맙다 말하니 선배가 웃으며 말했다.
"덕분에 나도 좋았어."

선물 같았다.

"이 길이 맞는 걸까?"
너는 물었다.

나는 대답했다.
"가보지 않고는 알 수 없는 거겠지."

너는 말했다.
마침내 원하는 것이 생겼다고. 정확히 말하면 원하는 사람.
축하보다 걱정을 앞세웠던 것은 지나간 너의 사랑 때문이었다.
나쁜 사랑의 기억. 오래전 너는 한 남자를 사랑했고 결국 이별했
다. 시작엔 좋은 남자라고 믿었다. 믿음을 유지하려고 너는 노력
했고 나는 응원했으나 마지막엔 아니었다.

하지만 뭐 어떤가. 그럴 수도 있는 것이다. 그런 날도 있는 것이다. 방향을 바꾸어 나는 또 너를 응원했으나 너는 오래도록 같은 질문에 매달려 있었다. 너는 내게 반복해서 질문했다.

"그는 나를 사랑하지 않았던 걸까?"

털고 일어나 씩씩하게 앞으로 나가기를 바라던 나였으니 결국 화가 나고 말았다. 이제 와서 관계의 이름이 무에 그리 중요한가. 한 사람을 알았고 안았고 여러 날 많은 것을 나누었다. 누구도 부정할 수 없는 사실이다. 둘은 서로에게 분명히 중요한 사람이었다. 다만 끝이 나빴던 것이다. 너의 탓이 아니다, 그 남자가 그것밖에 안 되었던 것이다, 바보 같은 질문을 그만둬라, 나는 너에게 화를 내고 싶었지만 대신 부드럽게 말했다.

"사랑한 것은 분명해. 다만 그도 힘이 들었던 것뿐이야."

아마도 네가 듣고 싶어 했을 답을 나는 해주었다. 이제 와서 지나간 좋은 기억까지 망쳐버릴 필요가 뭐 있겠는가. 좋은 날은 분명히 있었다. 진심이나 진실보다 나는 네가 계속 사랑을 믿기를 바랐다.

그랬으니 참으로 고마웠다.

네가 다시 나타나 하나의 사람이 간절해졌다 했을 때.

"맞는 길일까. 또 잘못된 선택이면 어쩌지?"

걱정하는 얼굴마저 너는 예뻤다.

나는 대답했다. 이번에는 진심과 진실만을 담았다.

"가보지 않고는 알 수 없겠지만 때로는 잘못 탄 기차가 우리를 꿈꾸던 곳으로 데려다준다는 말이 있더라. 잘못된 선택인 것처럼 보이면 또 어떻겠어. 마지막에 너희 둘이 아름다운 곳에 도착한다면."

끝에 무엇이 있을지 지금 우리는 알 수 없지만 걱정할 필요 없다. 사랑이 허물고 간 마음을 사랑으로 일으키며 우리는 또 살아갈 것이고, 또 웃을 것이니. 잘못 탄 기차라고 해도 괜찮다. 우리는 또 조금 나아갈 테고 사랑은 또 올 테니.

우리는 그저 계속 사랑하기만 하면 된다.

끝이 좋아 결국엔 모두 좋을 것이니.

그때 우리는 낯선 나라, 낯선 도시에서 가방을 잃어버렸다. 가이드북도, 꼼꼼하게 적어둔 너의 수첩도 사라졌다. 인터넷도 연결되지 않았다. 너는 안정과 안전을 중요하게 여기는 사람이었으니 당장에 불안해했다.

나는 달랐다. 종종 길을 잃어보았다. 계획 같은 건 다 잊자며 나는 언젠가 보았던 바다의 서퍼에 대해 이야기했다. 파도를 기다리고 고르지만 언제나 뜻대로 되는 건 아니었다. 그저 밀려오는 파도를 잘 넘기만 해도 사람들은 박수를 쳐주었다. 우리도 해보자, 밀려오는 것을 하나씩 넘어보자, 서로에게 박수를 쳐주면서 계속 가보자 했다.

참고할 무엇도 없고 계획도 없이 우리는 마냥 하나의 도시를 걸었다. 우리가 도착한 곳은 모두가 똑같은 사진을 찍는 유명 관광지가 아니었다. 조용한 주택가, 대학의 캠퍼스, 동네의 시장. 골목 안의 소박한 식당에서 우리는 깜짝 놀랄 만큼 맛있는 저녁을 먹기도 했다. 그 모두가 가이드북을 따라갔다면 만날 수 없었을 곳들이었다. 늦은 밤 무사히 숙소에 돌아왔을 때 너는 웃으며 말했다.

"우리 꽤나 잘해낸 것 같아."

그날 너는 씩씩하여 박수를 받을 만했다. 시간이 많이 지났지만 그때를 생각하면 반드시 웃음이 난다.

오늘 너는 걱정스러운 얼굴로 말했다.
"새로운 일에 도전 중인데 경험이 없어서 어떻게 해야 하는 건지 모르겠어. 힘들고 당황스러워."

나는 우리가 함께했던 여행에 대해 이야기했다. 이번에도 하나씩 파도를 넘으면 된다. 가이드북이 없어도 좋은 곳에 가서 닿을 것이다. 그때 우리가 처음 가는 길을 즐겁게 통과해냈듯, 또 다른 처음을 또 즐겁게.

나는 네가 계속 잘해낼 것을 믿는다.

"마음이 통하고 흐른다면
잘못된 것처럼 보이거나 혹은 실수처럼 보여도
어쩌면 그것이 제대로 가는 길인지도 모르니까요."

〈런치박스〉는 인도 영화입니다. 잘못 배달된 도시락이 엮어준 외로운 남자와 여자 이야기를 담고 있어요.

여자 주인공 일라는 사랑하는 사람을 위해 매일 도시락을 만들어 배달시켰습니다. 담겨 있는 마음을 알아주길 원했지만 뜻대로 되지 않았어요. 일라의 남자는 이기적이고 무심했죠. 남자 주인공의 이름은 사잔. 아내를 일찍 떠나보내고 마음을 닫은 채로 살고 있습니다. 돌봐야 할 사람도 없고, 돌봐주는 사람도 없이 살다 보니 어느새 정년퇴직을 할 때가 다 되었습니다.

그런데 어느 날 사잔에게로 색다른 도시락이 배달되어 옵니다. 밥을 해줄 사람이 없어 매일 전문업체에서 배달을 받았는데 그날

받은 것은 상당히 맛이 좋았습니다. 감동을 해서 '앞으로 계속 오늘처럼 해달라'고 쪽지를 적어 넣었어요. 장면이 바뀌면 일라가 빈 도시락통을 돌려받고 기뻐하고 있습니다. 내가 만든 것을 다 먹어주었구나, 기뻐하다가 맨 아래 칸에서 쪽지를 발견합니다. 다음 날 일라는 도시락에 '다 먹어주셔서 고맙다'는 말을 편지에 적어 넣었습니다. 자신의 이름도 함께. 돌아온 도시락에는 '일라에게'로 시작되는 쪽지가 들어 있었습니다. 편지는 계속 오고 갔고 일라에게 사잔은 아버지 같은 존재가 되어주었습니다. 오래 살아온 사람으로서 사랑 없이 사는 일라의 쓸쓸한 마음을 위로해주었죠. 일라가 보내오는 따뜻한 음식으로 사잔의 하루는 풍성해졌고 사잔의 편지로 일라의 건조하던 일상은 활력을 되찾았습니다.

그렇게 좋아지는구나 싶을 때쯤 일라에게 문제가 생깁니다. 슬픔에 잠겨 일라는 사잔에게 편지를 썼습니다.

'그에게 다른 여자가 생겼다는 걸 알았어요. 사랑 없이 지내온 지 오래되었죠. 떠나고 싶어요. 부탄에서는 총생산지수 대신 총행복지수를 잰다고 하더군요.'

사잔은 짧은 답장을 보내왔습니다.

'나와 같이 부탄에 가지 않겠어요?'

여러 가지 문제가 있었지만 두 사람은 끝끝내 서로를 향해 갔습니다. 방황하고 있을 때 두 사람을 묶어준 것은 하나의 문장이었어요.

'잘못 탄 기차가 목적지에 데려다준다.'

같은 말을 사장은 회사 후배에게 들었고, 일라는 어디선가 읽었습니다. 완전히 다른 곳에서 들은 하나의 문장이 서로를 향하는 동안 두 사람의 마음에 똑같이 흘렀다는 것. 말하지 않아도 공명했다는 것. 그 자체로 인연의 신비, 기적 같았습니다.

예상하지 못한 방향으로 흐른다고 해서 마음을 막아두는 사람들을 봅니다. 기다리던 바로 그 사람이 아니라고 해서 마음 안의 움직임을 외면하기도 하고요. 하지만 잘못 배달된 도시락이 우리를 사랑으로 이끌기도 하고, 잘못 탄 기차가 우리를 목적지에 데려다주기도 합니다. 그러니 따라가보면 어떨까요? 마음이 통하고 흐른다면. 잘못된 것처럼 보이거나 혹은 실수처럼 보여도 어쩌면 그것이 제대로 가는 길인지도 모르니까요.

가보지 않고는 알 수 없겠지만
때론 잘못 탄 기차가 우리를 꿈꾸던 곳으로 데려다준다는
말이 있더라.

一

먼저 솔직해지면 마음이 통하고 보이고 들릴 거예요

종종 외롭다 말하자 친구는 반려동물을 키워보면 어떠냐고 했다.

욕심이 나긴 했지만 마음에 걸리는 부분이 있었다. 나는 자주 집을 비우는 사람이다. 내 작은 동물은 혼자 빈 집에 남겨질 것이다. 내 몫의 외로움을 달래기 위해 내게 온 작은 녀석까지 덩달아 외롭게 만들면 어쩌나, 걱정이 됐다. 부담감이나 책임감도 문제가 됐다. 종종 나는 나 하나를 보살피기에도 벅찼다.

"화분 하나도 제대로 돌보지 못할 때가 있는데 내가 과연 잘할 수 있을까?"

자신이 없어 하는 나에게 친구는 웃으며 말했다.

"화분은 말없이 시들지만 동물은 달라. 배가 고픈데 네가 밥을 주지 않거나 목이 마른데 물을 마실 수 없다면 그 애들은 자꾸 울 거고 너는 무엇을 해야 하는지 당장에 알게 될 거야."

맞는 말이었다. 생각해보겠다, 하고 집에 돌아왔는데 시들해진 창가의 화분이 눈에 들어왔다. 서둘러 물을 부어주며 나는 떠나간 사람을 생각했다.

미리 말을 해주었다면 좋았을 거다. 사랑이 고프고 사랑에 목이 마르다고 미리 말로 해주었다면 좋았을 것이다. 그냥 떠나버리지 말고 먼저 말을 해주었다면 나에겐 기회가 되었을 텐데. 사랑을 지킬 수 있는 기회. 그를 지키기 위하여 나는 무엇이든 했을 것이다.

사랑에 목이 말라 그는 시들었고 나는 너무 늦어버렸다.

화분에 물을 주며 나는 미안하다, 미안하다 했다.
시들어버린 초록에게, 목이 말라 시들어 떠나버린 사랑에게.

하지만 미안함은 너무 늦었고 사랑은 멀어진 다음이었다.

너와 나는 오늘 공감에 대하여 이야기했다.
특히, 남의 아픔을 내 일처럼 느끼는 일에 관하여.

너는 말했다. 남의 일은 그저 남의 일일 뿐이었는데 요즘은 자꾸
남의 아픔에 울게 된다.

나는 동감했고 질문했다.
"우리는 왜 달라진 것일까."

너는 대답했다.
"스스로 아파봤기 때문에 공감의 영역이 넓어진 것 같아."

너의 대답에 나는 놀랐다. 너는 꽤 좋은 인생을 살아왔다. 사람들은 너를 두고 고통이나 아픔 같은 단어를 떠올리지 않았다. 행운은 언제나 너의 편인 것 같았는데 아니었던가 보다. 너는 나 모르게 아팠던가 보다.

친구라면서 나는 너의 고통에 대해 아는 바가 거의 없었다. 미안했다. 하지만 한편으론 좀 화가 나기도 했다. 정확히는 섭섭하여 왜 나에게 말하지 않았느냐 따지듯 묻고 말았다. 너는 대답했다.

"가뜩이나 힘들어하는데 걱정을 보태고 싶지 않았어."

나는 철없는 친구였다. 툭하면 너를 찾아가 힘든 이야기를 털어놓았다. 투덜거렸다. 너는 다 들어주었다. 언제나 열심히 들어주었다. 너를 찾아가 다 쏟아내고 나면 나는 좀 가벼워졌다. 살 것 같았다. 고맙다고만 생각했는데 사실은 미안한 일임을 오늘에야 알았다. 철이 없었다, 나는. 네가 잘 살고 있는 줄로만 알았다. 들어보려고 하지도 않고 내 마음대로 너의 삶을 판단했다. 미안해하다가 생각났다.

전에 꿈에서 너를 만난 적이 있었다. 꿈속에서 너는 울고 있었고 나는 너의 이름을 불렀다. 다가가 일으켜 세우고는 안아주었다. 가슴이 마주 닿을 때 말로 다할 수 없는 슬픔이 내 가슴으로 옮겨 왔다. 깨어보니 베개가 젖어 있었다. 너의 슬픔이 아파서 현실의 나도 꿈의 나를 따라 울었던가 보다.

꿈 이야기를 하니 너는 언제였던가 물었다. 언제쯤이다 이야기하니 너는 "신기하다. 그때쯤 정말 힘든 일이 있었는데" 했다.

그제야 너는 가만히 너의 이야기를 들려주었다. 조용히 너의 이야기를 다 듣고 나서 너를 안으니 꼭 꿈과 같았다. 너의 슬픔이 내 가슴으로 밀려왔다. 하지만 꿈과 다른 것도 있었다. 조금 더 길게 너를 안고 있으니 슬픔이 천천히 가라앉았다. 차차 따뜻해졌다. 웃는 너를 보며 나는 알았다.

우리의 현실은 꿈보다 아름답다, 우리가 함께 있다면.

모호한 것은 사랑이 아니라고 여자는 생각해왔다.

여자는 남자의 말들을 해석할 수가 없었다. 이런 뜻인가 하면 저런 뜻일 수도 있겠다 싶어서 혼자 고민을 하다 보면 긴 밤이 지나 아침이던 날도 있었다. 여자는 홀로 남자를 원망했다. 왜 분명한 언어로 관계를 규정해주지 않는 것인가.

남자는 늘 다른 이야기를 했다. 주로 질문이 많았다. 여자의 어린 시절이나 가족, 방의 풍경, 좋아하는 것들. 여자의 생각을 남자는 알고 싶어 했다. 모두가 여자가 바라는 말이 아니었다. 좋아한다 혹은 사랑한다, 감정을 확정 짓는 단어를 원했다. 여자의 마음이 어디쯤 있어야 하는지 알려주기를 바랐다. 정해주기를 원했다.

많은 말들이 두 사람 사이를 오고 갔지만 정작 듣고 싶은 말 한 마디를 듣지 못해서 여자는 매일 갈증을 느끼다 지쳐버렸다. 문득 풀이 죽어 멀어지는 여자를 보고 남자는 물었다.

무엇이 문제인가.

그제야 여자는 솔직한 이야기를 꺼내놓았고 다 듣고 난 뒤 남자는 재미있다는 표정으로 질문했다.

"왜 물어보지 않았어? 왜 그런 질문을 자꾸 하는 거냐고 물어봤다면 내가 답을 했을 텐데."

남자의 웃는 얼굴을 보며 여자는 깨달았다. 알아들었다.

질문으로 남자는 말하고 있었던 것이다.

"좋아한다, 너를 좋아한다, 좋아해서 네가 자꾸 궁금하다."

남자는 줄곧 말하고 있었다.
욕심에 귀가 멀어 여자가 듣지 못했을 뿐.

앞으로는 혼자 생각하지 말고 꼭 물어보라며 남자는 다정히 말했
다. 물어보면 다 이야기해주겠다 했다. 남자의 말에 여자는 오랜
갈증을 잊었다.

마침내 마음이 들리자 사랑, 편안해졌다.

"먼저 투명해지기를.
좋은 것은 물론 아픔에 대해서까지 솔직해지기를."

영화 〈파우더〉의 주인공인 제레미 리드는 태어나던 날부터 특별했습니다. 남다른 능력들을 갖고 있었고 무엇보다 사람의 마음을 느끼고 읽을 줄 알았습니다. 물리 선생님은 말했습니다.

"아인슈타인이 말하기를 사람들이 뇌를 100퍼센트 다 쓰게 되면 제레미 너처럼 된다고 했어. 너는 인류가 몇천 년 뒤에나 가질 수 있는 능력들을 가졌어."

특별한 아이 제레미는 그러나 환영받지 못하는 존재였습니다. 사람들과 섞이기엔 너무 투명했고 너무 달랐죠. 감춰둔 속마음을 들킬까 봐 사람들은 제레미를 피했습니다만 어려운 가운데도 또래 친구가 하나 생겼는데 이름은 린다. 착하고 솔직한 소녀였죠.

햇살 좋던 날 나무 아래서 린다와 제레미가 나누던 대화는 마음을 완전히 열고 나누는 소통이란 얼마나 놀라운 것인지를 보여줍니다.

제레미는 말했습니다.

"사람들을 비롯해서 우주 안의 모든 것이 다 연결되어 있어. 믿기지 않는다면 그건 린다 네가 진실을 보지 못하는 상태에 있기 때문이야. 볼 수 있게 되면 연결된 게 다 보이고 느껴져. 사람들이 아름다워 보이고 숨길 필요도 없고 거짓말할 필요도 없이 대화할 수 있어. 완전히 솔직한 대화가 가능해. 빈정거림, 속임수, 과장, 우리를 혼란스럽게 만드는 모든 것이 사라지고 오직 진실만으로 대화를 할 수 있게 되거든."

린다는 물었습니다.

"정말로 거짓 없이 소통할 수 있을까. 가능하기는 한 일일까."

제레미는 대답 대신 손을 잡았습니다. 손과 손 사이로 마음이 흘렀어요. 린다는 제레미의 심장박동까지도 느껴졌습니다. 어릴 때의 상처, 감춰둔 생각과 슬픔까지도 다 느낀 다음 린다는 말했습니다.

"제레미, 사람들은 네가 너무 추하게 생겼다며 너를 떠났다지만 나는 가끔 내가 아는 사람 중에 네가 가장 아름답다고 생각해."

제레미는 우리 안의 숨은 존재, 우리가 잃어버린 순수를 상징하고 있습니다. 영화에서 제레미는 세상에 적응하지 못하고 순간인 듯 사라졌습니다만 남은 사람들은 슬프고도 기쁘고 벅찬 마음으로 그를 기억했어요. 말하지 않아도 내 마음 깊은 곳까지를 읽어주던 사람을 어떻게 잊을 수 있을까요. 아주 조금의 거짓도 의심도 걱정도 없던 소통의 시간들이 어떻게 그립지 않을 수 있을까요.

제레미가 투명하니 린다도 투명해지던 장면을 기억합니다. 손을 잡고 서로를 완벽하게 느끼고 이해하던 순간은 깊고 황홀했습니다. 린다에게 제레미는 대체 불가능한 친구, 잊을 수 없는 기억이 되었습니다.

그러니 우리, 제레미와 같기를. 먼저 투명해지기를. 좋은 것은 물론 아픔에 대해서까지 솔직해지기를. 두 사람 사이로 흐르는 마음에 걱정도 의심도 과장도 없기를. 완벽한 믿음이 찾아와 우리 참 안심이 될 테니.

내가 투명해져서 당신도 투명해지는 날이 우리에게 오기를.

一

나는 당신이 끝을 두려워하지 않고 사랑하는 사람이면 좋겠습니다 사실 그것은 아무것도 아니었다.

흔한 영화표 두 장이었을 뿐.

그것을 특별하게 만든 것은 보태진 기억이었다.

사소해서 더 대단한 기억들이 있다. 그는 조용한 사람이었다. 표현이 적었다. 처음에 여자는 남자의 말 없음이 좋았다. 세상은 여자에게 너무 시끄러운 곳이었다. 남자를 찾아가면 잠잠해졌다. 그의 곁에서 만나는 평화가 여자는 참 좋았으나 때론 궁금했고 어떤 날엔 불안했다. 남자의 마음 어디에 자신이 있을까, 듣고 싶었다. 가장 한가운데에 네가 있다, 말해주기를 원했지만 남자는 언제나처럼 묵묵하기만 했다.

'그는 나를 생각하고 있을까? 나의 말을 듣고는 있는 것일까?'

여자는 답을 듣고 싶었는데, 어느 날 남자가 영화표 두 장을 내밀며 말했다.

"그 영화 개봉했더라?"

1년도 더 전에 여자가 말한 적 있었다.
좋아하는 감독이 먼 나라에서 영화를 찍고 있다더라, 보고 싶다.
말해놓고 정작 여자는 잊었는데 남자는 기억했다.

듣고 있었다.
잊지 않았다.

소중했다.

영화를 보는 내내 여자는 남자의 손을 놓지 않았다.
종종 사랑의 확신은 사소한 곳에서 온다.
사소해서 더 확실하고 더 대단하기도 하다.

너는 현명한 사람이었다. 무엇보다도 명쾌했다.

그래서 사람들은 고민거리를 안고 자꾸 너를 찾아갔다.

친구로서 나는 너를 걱정했다.

"너의 것이 아닌 고민들로 네가 너무 무거워지는 것 아니야?"

너는 가볍게 웃으며 말했다.

"아니야, 덕분에 오히려 배우는 것이 많은걸."

사람들의 고민을 들으며 너는 속으로 이런 생각을 하게 된다 했다.

'왜 시작도 해보지 않고 걱정을 하는 걸까, 해보면 알게 될 텐데. 왜 만나보지도 않고 상대가 이상한 사람이면 어쩌나, 잘 맞지 않으면 걱정하는 걸까. 만나보면 알 텐데.'

걱정 많은 사람들을 만난 덕분에 너 자신의 고민은 줄었다고 했다. 가벼워졌다, 덕분에 좋은 답을 찾았다며 너는 웃었다. 웃으며 말했다.

"답은 심플해. 해보면 알아."

너의 답이 좋아 나는 따라 말했다.

"답은 심플하다. 해보면 안다."

여자는 사진을 읽을 줄 알았다. 좋은 눈을 가졌다. 사진이란 묘하
다. 공기의 빛깔까지도 예민하게 잡아낸다. 맑은 날엔 실제보다
투명하고 흐린 날엔 실제보다 무겁다. 여자는 남자의 사진을 들
여다보다가 알았다.

둘의 관계는 돌이킬 수 없는 지점을 지났다.

여자는 사진 찍기를 좋아했다. 함께 있을 때면 습관처럼 남자를
향해 셔터를 눌렀다. 사진 속의 남자는 여자를 보고 있었지만 보
고 있지 않았다. 시선을 피했다. 멀어진 것은 진작 알고 있었다.
다만 어디서 끝이어야 하는지 몰랐는데 사진을 보다가 깨달았다.

어디서, 언제 끝이어야 하는가 하는 질문 따위는 애초에 필요 없었다. 미련이었을 뿐. 이미 끝이었다.

남자를 놓았다고, 사랑을 보냈다고 아무에게도 말하지 않았으나 여자는 마음을 들키는 종류의 사람이었다. 늦게까지 일하고 동료들과 맥주를 마시는데 남자 직원 하나가 물었다. 전화를 할 사람이 없어서 밤이 더 쓸쓸하지 않은가. 여자는 답했다. 솔직히 좀 그렇다, 허전하다 했다.

집에 도착하니 그 남자 직원에게 전화가 왔다. 다음 날에도 같았다. 끊으며 그가 말했다.
"아침에 눈 뜨면 전화해요."
여자는 머뭇거렸다.
'벌써 다시 시작이어도 되는 걸까.'

남자는 말했다.
"로마에 가서 땅을 파면 아직도 유적들이 많이 나온대요. 로마 사람들은 과거의 것을 다 파내지 않고 그 위에 새롭고 아름다운 것들을 쌓아간 거예요. 그럴 때도 있는 거예요."

여운이 남았다. "그럴 때도 있는 거예요"라는 말.
여자는 고개를 끄덕였다.

모든 것이 정리되고 준비가 되어야만 다시 시작할 수 있다고 생각했다. 하지만 그러지 않아도 되는 것인지도 모른다.

그럴 때도 있는 것이다.
그러니 한번 해보기로 했다.
사랑이 남긴 것을 품은 채 새로운 사랑을 쌓아가는 일.

억지로 지우지 않을 것이다. 정리하기 위하여 정리하지 않을 것이다. 사람을 하나 버렸다는 이유로 사랑의 기억도 버리고 버려 텅 빈 가슴이 되지 않을 것이다. 지나간 기억 위에 새로운 기억을 쌓고 사람이 떠난 자리에 또 하나의 사람을 들여놓고 사랑 위에 사랑을 쌓으며 채워지기를 여자는 바랐다.

"언제 끝나는지 누가 알겠어요.
누가 사랑이 오래갈 것을 장담할 수 있나요.
우리 그냥 사랑해요. 얼마가 되든지."

영화 〈맨 프럼 어스〉의 주인공은 존 올드맨, 구석기 후반부터 현재까지 무려 1만 4,000년을 살아온 남자예요. 죽지도 않고 늙지도 않은 채 늘 같은 모습이었죠. 시간이 가도 모습이 변하지 않는 자신을 이웃들이 이상하게 여길까 봐 존은 10년에 한 번씩 이사를 했습니다.

이사하는 날, 샌디라는 여자가 존에게 고백을 했습니다.

"내가 사랑하는 것 알고 있나요?"

존재의 비밀을 털어놓고 존은 말했습니다. 처음 보던 날부터 당신이 신경 쓰였다, 매력을 느끼지만 내 상황이 이렇다 보니까 무엇도 할 수 없었다. 당신과 내가 함께하게 되면 당신과 아이들은 늙어가는데 나는 아닐 것이다.

존은 먼 미래를 걱정했지만 샌디는 다른 말을 했습니다.

"언제 끝나는지 누가 알겠어요. 누가 사랑이 오래갈 것을 장담할 수 있나요. 나의 부모님은 내가 태어나기도 전에 이혼을 했어요. 엄마의 두 번째 결혼은 3년도 못 가 끝이 났죠. 그러고는 병들어서 세상을 떠났어요. 얼마나 오래갈지 누가 아나요. 우리 그냥 사랑해요, 얼마가 되든지."

마지막 장면. 존이 이삿짐을 싣고 떠나자 샌디도 따라갑니다. 뒷모습이 즐거워 보였어요. 아마 둘이 함께 행복하겠죠.

영화는 말하고 있었습니다.

"긴 시간의 흐름에서 보면 모든 사랑은 순간일 뿐이다. 어떤 건 죽어서 끝나고 어떤 건 마음이 변해서 끝이 나겠지만 이유가 무엇이든 모두가 언젠가 어디선가는 반드시 끝이 난다."

그러니 오래갈 수 있을까 걱정하지 말고, 끝을 두려워하지 말고 사랑하면 좋겠어요, 얼마가 되든. 사랑하는 동안은 우리 분명 행복할 테니.

그러니 오래갈 수 있을까 걱정하지 말고,
끝을 두려워하지 말고 사랑하면 좋겠어요, 얼마가 되든.
사랑하는 동안은 우리 분명 행복할 테니.

一

누군가가 특별한 울림으로 다가온다면 뛰어드세요

여자는 운명이라는 말을 좋아하지 않았다.
변명에나 어울리는 단어라고 생각했다.

사랑을 지키지 못한 사람들은 말한다. "노력했지만 되지 않았다.
결국 헤어질 운명이었던 거다"라고. 반대의 경우도 있다. 사랑에
빠진 사람들 또한 툭하면 운명을 말한다. 그 역시도 변명이라고
여자는 해석했다. 감정을 주체하지 못하는 것에 대한 변명. 유난
을 떠는 것에 대한 변명.

그랬던 여자가 오늘 친구에게 전화를 걸어 운명에 대해 물었다.
문제는 헤어진 남자였다. 여자는 헤어지고도 한참이나 남자를 잊
지 못했다.

애를 써도 마음은 자꾸 남자에게로 붙어 갔다. 길어지는 미련이 여자는 지겨웠다. 무엇보다도 스스로가 못나게 느껴져서 견딜 수가 없었다.

여자는 결단을 내렸다. 억지라는 걸 알지만 할 수 없었다. 남자의 전화번호를 지웠다. 자신의 번호도 바꾸고 남자를 아는 모두와 멀어졌다. 덕분에 가끔 들리던 남자의 소식마저 끊어졌다.

그렇게 한참이나 제법 괜찮았는데, 이상했다.
갑자기 남자의 이름이 떠오르더니 하루 종일 머릿속을 맴돌았다.

견디다 못해 여자는 친구에게 전화를 걸어 말했다.
"이상해. 자꾸 그 남자의 이름이 떠올라. 두려워."
친구는 달래듯 말했다.
"그런 날도 있는 거야. 마음에 대하여 너무 억지를 부리지 않았으면 좋겠어. 정말이지 그런 날도 있는 거니까. 모두가 그래."
친구의 차분한 목소리에 좀 괜찮아지는 것도 같았다.

그날 오후 여자는 갑자기 출장을 떠났다. 바닷가 먼 도시.
짐을 풀고 방에서 나와 엘리베이터 버튼을 눌렀다.

문이 열리자 거기, 그가 있었다.
하루 종일 맴돌던 이름의 남자.
믿어지지 않았다. 몸이 얼었다. 남자도 당황한 것 같았다. 두 사람
모두 아무것도 못했다. 아무 말도 못했다. 멍한 가운데 문이 닫혔
다. 혼란스러운 가운데 하루가 지났다. 밤이 되어서야 일이 끝났
다. 여자는 친구에게 전화를 걸어 물었다.

"이런 것이 운명일까?"

여전히 떨리더냐고 친구는 물었다. 여자는 인정했다.
친구는 다시 물었다. 여전히 마음이 복잡한가. 여자는 긍정했다.

친구는 대답했다.

"만나진 것은 우연이겠지.
하지만 아직도 네가 그를 보면 두근거리고 복잡해진다는 것.
그게 진짜 운명 아닐까?"

왜일까. 여자의 입에서 "고마워"라는 말이 나왔다. 자기도 모르게
나와버린 한마디에서 여자는 자신의 진심을 읽었다.
전화를 끊고 잠시 앉아 있었다. 어지럽던 마음이 차분해졌다. 여자
는 묵고 있는 숙소 프런트에 전화를 걸어 하나의 이름을 말했다.

하루 종일 마음에 울리던 그 이름이었다.

너에 대하여 나는 아주 조금의 불안함도 없었다. 너를 위해 시간을 많이 내지 않았던 것은 어떤 일이 있어도 너는 내 사람일 거라 믿었기 때문이었던 것 같다.

오늘, 우리는 만났다. 오랜만이었다. 너는 여전히 익숙한 내 친구였다. 너와 같이 걷는 길이 즐거웠다. 초록은 좋았고 바람에서는 꽃향기가 났다. 한참을 걷다 우리는 동시에 발걸음을 멈췄다. 쇼윈도 너머 아름다운 것이 있었다.

"저것, 너에게 어울릴 것 같아."

같은 순간, 우리는 같은 말을 했다.
좋은 것을 보고 나는 너를, 너는 나를 생각했다. 고마웠다.

똑같은 것을 두 개 사서 우리는 서로에게 선물했다.
학생 시절 같구나, 하며 너는 웃더니 말했다.

"그땐 참 하고 싶은 게 많았는데 요즘 나는 꿈같은 건 잊은 채로
매일 현실만을 사는 것 같아."

너의 눈빛 공허해 보여 나는 서툰 고백처럼 말했다.

사실 나는 본래의 나 자신보다 너의 눈에 비친 내가 좋았다. 너는 언제나 나를 좋게 봐주었다. 좋게만 봐주었다. 너의 눈에 비친 건 실제의 나보다 더 예쁜 사람이었다. 언제나 말이다. 네가 좋아서 나는 정말로 멋진 사람이 되고 싶었다. 약해지고 지칠 때 나는 너의 눈에 비친 나를 생각했다. 당장에 힘이 났다.

그 말은, 나의 눈에 비친 너도 언제나 예쁜 사람이라는 뜻이었다. 내가 그랬던 것처럼 너도 나와 같이 힘을 내준다면 참 고맙겠다는 뜻이었다. 너는 가만히 고개를 끄덕였다. 언제나처럼 너는 나의 마음을 알아주었다.

나는 우리가 잊지 않는다면 좋겠다.
우리의 행복이 서로 이어져 있다는 것.

똑같은 마음을 손에 들고 우리는 마주 서 있다.
너를 위해서 나는 잘 살아내려 할 것이다.
나를 위해서 너도 잘 살아주면 좋겠다.

믿는다.

우연이라는 이름으로 삶이 우리의 마음을 시험할 때가 있다.
예를 들면 오늘 오후 주차장, 남자와 여자의 마주침 같은 것.

여자의 차를 막아 놓은 차가 있었다. 운전석 창문에 적힌 번호로
전화를 걸었다. 수화기 너머의 남자, 금방 나가겠다, 했다. 여자는
운전석에 앉아 기다렸다. 머지않아 남자가 뛰어나왔다. 가까워졌
을 때 여자는 남자를 알아보았다.

그였다.

머리카락이 길어졌고 몸도 좀 마른 듯했지만 분명히 그 사람이었
다. 한때 여자가 사랑했던 남자. 그러고 보니 익숙한 목소리였다.

'어쩌다 잊었을까, 참 좋아하던 목소리였는데. 차가 바뀌었네. 번호도 바꾸었구나.'

별것 아닌 사실이 이상하게 여자의 마음을 흔들었다.

남자가 차를 빼는 동안 여자는 고민했다.

'내려서 인사를 할까. 할 수 있을까.'

하지만 망설일 시간이 없었다. 다른 차 한 대가 나타나 여자가 나가기를 기다렸다. 떠나야 했다. 룸미러 속 남자의 모습이 멀어졌다.

멀어지며 떠올랐다. 그들이 아직 서로를 사랑하던 날들. 좋았다. 참 좋았다. 다만 마지막이 처참했을 뿐이다.

헤어지던 날로부터 제법 긴 시간이 지났다. 상처는 아물었다. 아문 것 같다. 추억도 지워졌다 생각했는데, 새삼 아프다. 오래 다정했는데 어쩌다 끝을 망쳐버린 것일까. 한때는 서로의 목소리로 아침을 열었고 잘 자라는 인사를 듣고 나서야 하루가 마무리되었는데. 어쩌다 이제 다시는 인사를 할 수도 없는 사이가 되어버린 것일까. 어쩌다 서로에게 나쁜 기억으로 남은 것일까.

쓰다, 마음이.

복잡한 기분에 몸이 움츠러드는데 전화가 울린다. 방금 전 여자가 걸었던 그 번호였다. 남자, 여자를 알아봤던 것일까. 여자는 전화를 받지 못했다. 망설이는 동안 끊어졌다. 부재중 전화라고 적힌 번호를 여자는 들여다보았다. 끝자리는 그대로였다. 둘이 처음 만났던 날의 날짜였다. 혹 아직도 그리운 것일까. 아니, 그저 익숙해서였을 뿐 아무 의미 없을지도 모른다.

생각이 많아진다. '다시 전화를 할까, 하지 않는 것이 맞을까. 저장해둘까, 지우는 것이 맞을까.' 고민하는 동안 남자의 이름이 몇 번이고 여자의 마음에 스쳤다. 전화기를 들고 망설이다, 용기 내다, 다시 망설이기를 반복하던 중에 여자는 알았다.

멀리 있지 않다. 대단하지도 않다.
어쩌면 우리 손끝에 있는지도 모른다.

우연과 인연의 경계.

"가끔 혼자 생각할 때가 있었습니다.
만나지 않았다면 혹은 억지로 스쳐 보냈다면 어땠을까.
우리, 괜찮았을까."

파울로 코엘료의 소설 〈브리다〉는 소울메이트를 주제로 하고 있습니다. 소울메이트가 생겨난 이유를 소설 속의 마법사는 이렇게 설명합니다.

"처음 세상에는 아주 적은 수의 사람들만이 있었다. 지금은 많은 사람들이 있다. 이 새로운 영혼들은 다 어디서 왔을까. 세포가 분열하듯 영혼들이 분열되었다. 하나의 영혼이 둘로 나뉘고, 둘로 나뉜 영혼이 또 둘로 나뉘면서 우리는 세상 곳곳으로 널리 퍼지게 되었다. 본래 하나였던 영혼을 나눠 가진 사람을 소울메이트라고 한다."

주목할 만한 것은 소울메이트가 하나가 아니라는 점입니다. 마법사는 덧붙여 말했습니다.

"소울메이트는 서로 연결되어 있다. 떨어져 있더라도 나머지 조각들이 잘 지내고 있어야 우리는 행복하다. 살아 있는 동안 우리는 적어도 한 번은 소울메이트를 마주치게 되어 있다. 잠시 잠깐일지라도 그 순간이 우리의 남은 생을 결정한다."

꼭 나 같은 누군가를 만난 적이 있습니다. 말하지 않아도 서로를 이해할 수 있었죠. 외면하고 싶지만 결국 오래 같이 걷게 된 인연도 있었습니다. 많은 것을 함께하며 서로 닮아갔어요. 시간이 많이 지난 다음에야 알게 되었습니다. 우리는 재질이 같은 사람이라는 것. 외면하고 싶었던 이유마저 내가 잊고 싶어 하는 내 모습을 그가 갖고 있어서였습니다. 내가 보내는 마음을 그가 읽었고 그가 하는 생각이 내 안에 울렸습니다. 우리는 공명하는 존재였고 서로를 만나기 전으로는 절대 돌아갈 수 없었죠. 가끔 혼자 생각할 때가 있었습니다. '만나지 않았다면 혹은 억지로 스쳐 보냈다면 어땠을까. 우리, 괜찮았을까.'

소울메이트를 만나는 것은 잃어버린 영혼의 조각을 찾는 일, 두 조각이거나 네 조각 혹은 그 이상의 조각 퍼즐 맞추기 같은 거라 생각합니다. 만나지 않으면 완성될 수 없고 피해버리면 한 구석이 빈 채로 평생을 살아가게 될지도 모르니까 놓치지 않기를 바라며 살고 있습니다.

브리다가 "소울메이트를 어떻게 알아볼 수 있는가" 묻자 마법사는 "위험을 감수함으로써"라고 대답했습니다.

우리, 위험을 감수하기를. 영혼을 나눠가진 누군가를 알아보기를. 끌어안고 하나가 되기를. 두려움을 이기고 나아가기를.

그리하여 우리 같이 영혼의 빈 곳을 채우기를. 비로소 완성되기를.

나는 우리가 잊지 않는다면 좋겠다.
우리의 행복이 서로 이어져 있다는 것.

거기,

Scene 03

혼자지만 외롭지 않던

一

용기를 내어 말하면 알게 됩니다. 혼자가 아니라는 것

모처럼 그들은 만났다. 한때는 매일 만나던 세 친구였다. 그들은 밀린 이야기가 많았다. 맨 끝에 남은 주제는 사랑이었다. 언제나 사랑이 골치였다.

한 친구가 고민을 털어놓았다. 사랑을 했다. 문제가 있었지만 극복할 수 있다고 믿었다. 이겨냈는가도 싶었는데 아니었다. 다시 골치가 아팠다. 극복할 수 있을까, 손을 놓아야 할까 고민이 되고 힘이 든다고 했다. 또 하나의 친구는 이별 앞에 있었다. 아프고 복잡한 이야기를 털어놓더니 질문했다. 너희들이 보기엔 어떤가. 회복할 기회가 남아 있을까. 회복이 되기는 할까. 덧붙여 물었다. 이런 마음은 사랑일까, 어리석은 미련일까.

나머지 한 친구가 말했다.

"어쨌거나 다들 행복해 보인다. 생존이 아니라 사랑이 고민이라는 건 멋진 일이지. 살아내는 것 자체가 고민인 사람도 있거든."

회사 생활도 어렵고 경제적으로도 힘들다더니 많이 지친 얼굴이었다. 사랑을 고민하던 두 친구, 말을 멈췄다. 생존을 고민하는 사람 앞에 사랑이란 감정의 사치처럼 느껴질지도 모를 일이었다. 짧은 침묵이 흐른 뒤 두 친구는 사랑에 대한 이야기를 접고 괜한 농담들을 시작했다. 고단한 친구를 웃게 하려고 둘 다 열심이었다. 그런다고 팍팍한 현실이 달라지는 것은 아니겠으나 그들은 믿었다.

'작은 웃음이라도 반드시 힘이 된다.'

아끼는 만큼 부지런히 그들은 서로를 웃게 했다.
하루를 웃고 또 하루를 웃다 보면
어려운 날도 어디선가 반드시 끝날 것을 믿었다.

상식 없는 사람을 상대하느라 지칠 때가 있다.

"같은 사람인데, 사람끼리인데 어떻게 이렇게까지 할 수 있을까."
나는 말했다.

인간에 대한 믿음이 깨졌다. 기대마저 사라져 더 힘이 들었다.

너는 다큐멘터리 하나를 권해주었다. 어미 코끼리의 출산 장면이
담겨 있었다. 초원은 평화로웠다. 오직 코끼리만 고통스럽게 울부
짖고 있었다. 어미 코끼리는 진통을 견디며 온 힘을 다해 아이를
세상으로 밀어냈다. 고통스러운 것은 새끼도 마찬가지였다. 온 힘
을 다해 세상을 향했다. 마치 목숨을 건 투쟁 같았다.

환희는 길고 긴 고통 끝에 찾아왔다. 세상으로 나온 새끼는 비틀거리면서도 이내 중심을 잡았다. 어미는 소란하지 않게 아이를 받쳐주었다. 그렇게 하나의 생명이 세상 위에 섰다.

알았다. 생명이란 시작부터가 투쟁이다. 태어나기 위하여 우리는 싸운다. 지키기 위해서도 싸운다. 먹을 것을 지키기 위해, 가족을, 소중한 것을 지키기 위하여 투쟁을 멈추지 않는다. 멈출 수 없다. 너는 내게 말하고 싶었던 거다. 싸우는 것도 당연하고 부대끼는 것도 당연하다고. 살아 있기 때문에, 소중한 것을 지키며 살아 있기 때문에.

나는 질문하게 되었다.
'그렇다면 나는 대체 무엇을 위해, 무엇을 지키기 위하여 이렇게 싸우고 있는 것인가.'

지켜야 할 것들이 떠올랐고 새삼 간절해졌다.

이어서 문장 하나가 떠올랐다.

'적이 누구인가가 그 품격을 결정한다.'

어리석은 사람으로 하여 더 이상 힘들고 싶지 않았다.

그가 나의 적이 되게 두지 않겠다.

가치 없는 일에 더는 나를 쓰지 않겠다.

고맙다. 네가 나의 친구라서 나는 나를 지킬 수 있었다.

품위를 잃지 않을 수 있었다. 잃지 않겠다.

여자는 신입사원이었고 출근한 지 얼마 되지 않은 회사 화장실에
숨어 울고 있었다.

믿을 사람 하나 없다고 느껴졌다. 상사는 여자를 알아주지 않았
다. 선배 역시 선배답지 못했다. 여자가 억울하다는 것을 알면서
도 편이 되어주지 않았다. 자신만을 보호하기에 바빴다. 딱 하나
있는 동기만이 여자를 위로했으나 목소리가 평소와 달랐다. 어쩐
지 들뜬 것처럼 들렸다. 진심에서 비롯된 위로인 것인지 알 수 없
었다. 오히려 불안했다. 세상에는 타인의 불행을 자신의 기회로
여기는 사람이 있다는 것을 여자는 알고 있었다. 어쩌면 여자도
세상의 나쁜 논리에 어느새 익숙해진 것인지도 몰랐다.

여자는 불안을 지우며 최대한 좋은 쪽으로 생각하기로 했다. 누구 하나라도 호의를 온전히 호의로 받아들이지 않는다면 세상에서 따뜻한 것들이 사라져버릴 것이다. 더 차가워질 것이다. 위로해주는 그는 좋은 사람일 것이다, 괜한 걱정이다, 스스로를 안심시키면서도 여자는 이내 쓸쓸해졌다. 사람이 사람의 진심을 믿지 못하고 진의를 알 수 없는 상황이 슬펐고 두려웠다.

울고 싶은 만큼 실컷 울고 나면 기분이 나아질 수도 있겠으나 충분히 울어도 좋은 여유 같은 것이 근무 시간에 허락될 리 없었다. 할 수 있는 것은 그저 화장실에 숨어 서둘러 눈물을 닦아내는 것뿐. 세상은 냉정했고 여자는 혼자였다. 두려워도 혼자 해내야 한다는 것을 알았다.

그렇게 홀로 울며 간신히 마음을 진정시키고, 눈물의 흔적을 지우고 손을 씻다가 발견했다. 똑같은 사람. 빨개진 눈을 수습하며 손을 닦고 있는 또 한 사람.

여자는 저녁 무렵 친구를 찾아가 말했다.
"정말 다들 막막한 기분을 혼자 견디며 살아가는 것일까?"

친구는 차 한 잔을 만들어 여자의 서늘한 손에 쥐여주며 말했다.
"사실은 다들 홀로 견디며 살아내고 있는 것인지도 모르지만 뜨
거운 것으로 속을 채워줄 사람이 딱 하나만 있어도 좀 괜찮지 않
을까?"

친구는 웃으며 여자의 손을 잡았다.
차갑던 손은 이내 따뜻해졌다.

'잘해나갈 것이다, 손잡을 사람이 있으니 힘을 내라.
믿어주는 사람이 있으니 한 번 더 힘을 내도 좋다.
결국 우리는 잘해나갈 것이다.'

손안의 온기가 하는 말을 여자는 알았다.

"솔직해질 용기가 있다면
손잡을 사람을 만날 수 있을 테고
함께 우리는 강해질 거예요."

도움을 청하는 것이 얼마나 멋진 행위인가를 아는 데까지 제법 많은 시간이 걸렸습니다. 혼자 지고 가느라 끙끙대다 보니 살아가는 일의 무게로 등이 굽을 정도였는데 〈약속〉이라는 영화를 보니 남자가 홀로 전전긍긍하며 살아가는 여자에게 소리를 지르더군요. "도움을 청하는 것도 능력이다. 도움을 받을 줄 알아야 도와줄 수도 있는 것이다. 그것이 진짜인 삶이다."

마음에 와서 닿았고 덕분에 조금 달라졌어요. 처음엔 "나를 좀 도와줄 수 있을까?" 묻는 것이 어려웠지만 "도와줄 수 있는 기회를 주어서 고맙다"고 말해주는 친구가 있어 용기가 났습니다. 덕분에 재미있는 일이 많았어요. 손을 내밀 줄 알게 된 덕분에 말입니다.

영화 〈헬프〉는 다르게 살려는 사람과 다르게 살고픈 사람들이 만나 새로운 세상을 열어가는 이야기입니다. 실화를 바탕으로 하고 있고, 배경은 1960년대 미국 미시시피. 유난히 유색인종에 대한 차별이 심하던 지역이었죠. 주인공은 스키터라는 20대 여성이에요. 친구들은 일찌감치 결혼을 해서 현모양처로 살아가고 있는데 스키터는 대학을 졸업하고 고향에 돌아와 기자가 됩니다. 작가를 꿈꾸었고요. 돌아와보니 고향의 나쁜 현실이 보였습니다. 아이들을 키우는 것은 물론이고 집안 살림까지도 흑인 유모들 몫이었는데 처우가 너무 혹독했습니다.

스키터 역시 흑인 유모 손에 컸으니 마음이 아팠죠. 유모는 어린 스키터에게 매일 "너는 친절하고 똑똑하고 소중한 사람"이라고 말해줬어요. 이렇게 사랑으로 아이를 키우는 유모들이 많았는데 단지 피부색이 검다는 이유로 백인과 같이 밥을 먹어도 안 되고, 화장실은 따로 써야 하고, 식기 역시 따로 보관해야 한다고 했죠. 툭하면 도둑으로 몰려 쫓겨나기도 했고요.

흑인 유모들이 핍박당하는 모습을 보면서 스키터는 같이 싸워보기로 결심합니다. 가진 무기는 오직 글뿐이었어요. 유모들의 현실을 소설로 써보기로 했죠. 에이블린이라는 유모와 손을 잡았습니다. 흑인을 사람 취급하지 않는 백인들 때문에 아들을 잃은 여성이었죠. 배움이 길지는 않았지만 품위가 있었고 매일 자신의 기도를 글로 적는다고 했어요. 자기 아들의 이야기를 세상에 알리기 위해 에이블린은 위험을 무릅쓰고 스키터를 돕기로 합니다.

에이블린의 친구 '미니' 이야기도 빼놓을 수가 없네요. 발랄하고도 화끈한 여인이었어요. 고약한 주인 때문에 고생이 많았는데 화를 참지 못하는 바람에 해고를 당하고 말죠. 홧김에 미니는 에이블린과 스키터의 소설 쓰기에 동참합니다. 자신이 아는 모든 것을 다 이야기해주었고 유모들을 모아줬어요.

모두의 이야기를 모아 소설을 완성했습니다. 반응이 꽤 좋았어요. 스키터는 인세를 모아 유모들에게 나눠주었습니다. 적지 않은 돈이었어요. 돈 때문에 주인에게 굽실거리지 않아도 될 만큼이었죠. 스키터의 책을 읽고 스키터의 엄마는 딸에게 말했습니다.

"내가 잃어버렸던 용기를 되찾아주어서 네가 자랑스럽다."

스키터의 엄마를 비롯한 좋은 백인들이 현실을 바꾸는 데 힘이 되어줄 터였습니다. 유모들은 전보다 강해졌습니다.

마지막 장면. 에이블린이 당당하게 길을 걸어가고 있습니다. 독백이 흘러요.

"진실을 말한 후에 나는 자유로워졌다. 그날부터 나와 이웃들에 대해 생각하게 됐다."

말하고 나면 알게 돼요. 혼자가 아니라는 것. 솔직해질 용기가 있다면 손잡을 사람을 만날 수 있을 테고 함께 우리는 강해질 거예요. 같이 꿈꾸던 세상을 만들어갈 수도 있을 테니, 마음을 말해주세요. 내가 당신을 도울 수 있도록. 같이 있을 때 우리는 좀 더 나아질 테니.

마음을 말해주세요.
내가 당신을 도울 수 있도록.
같이 있을 때 우리는 좀 더 나아질 테니.

一

두렵더라도 두려워하지 말아요

생애 처음의 사랑을 요즘 너는 하고 있다.
맨 처음에 선 누구나가 그렇듯이 질문이 많았다.

오늘 너는 물었다.
"사랑하는데 왜 종종 아픈 것일까?"

기억났다. 나에게 사랑이 처음 오던 순간들. 마음이 열리고 낯선
것들이 쏟아져 들어왔다. 자리를 틀고 앉았다. 파고들었다. 깊은
곳에 감춰져 있던 여린 살이었다. 세상에 단 한 번도 공개되지 않
았던. 아팠다. 하지만 어쩔 수 없는 일이었다. 내가 아닌 다른 사
람을 품는다는 것은 어쩔 수 없이 아픈 일. 그것이 사랑이 우리에
게 오는 방식이었다.

어렵다 말하면서도 너는 빛났다. 나는 웃었고 말했다.
"아팠던 것도 나중에는 그리워지더라."

"이것이 진짜 사랑일까."
너는 또 질문했다.

덧붙여 너는 세상이 말하는 사랑의 기준에 대해 언급했다. 친구
의 연인들은 이렇더라, 어른들 말씀으로는 이렇더라.

듣고 있으니 기억났다. 나의 처음. 나는 바보 같은 사랑을 했었다.
세상이 그려놓은 그림이 중요했었다. 내 사랑은 여기 있는데, 내
가 해야 할 사랑은 저기 있었다. 여기와 저기 사이에서 나는 방황
했다. 어디에 있어야 맞는지 몰랐다. 불편했고 길을 잃었다. 어느
새 해야 할 일이 하고 싶은 일보다 더 중요해졌다.

결국 잃었다.
내 방식대로 사랑할 자유. 내가 좋은 방식대로 사랑할 권리.
그리고 마침내는 사랑을 잃었다.

나는 대답 대신 너에게 질문했다.

둘 중 하나를 택한다면 어느 쪽인가. 애당초 나에게 맞지 않게 지어진 집에 나를 억지로 맞추며 살아가는 쪽이 낫겠는가, 아니면 아무것도 없는 땅 위에 내게 맞는 집을 나의 방식대로 짓는 것이 낫겠는가. 어느 쪽이 더 즐거울까, 어느 쪽이 오래 살기에 더 좋은 집이 될까.

바라고 있다. 사랑에 대하여 우리가 미리 정해놓지 않기를.
앞질러 선을 긋지 않기를.
우리의 방식으로 우리의 사랑을 지어가기를.

지금은 어렵더라도
역시 결국엔 편안하고 자연스러워진다면 좋겠다.

사랑의 곁에서 우리.

너는 자주 길을 잃었다. 자신의 무딘 감각을 한탄했다.

나에게는 너를 꼭 닮은 친구가 하나 더 있었다. 타고나길 방향감
각이 없었다. 서울에서 나고 자랐지만 하루가 멀다 하고 서울의
길들을 헤맸다. 그래도 떠나는 것을 두려워하지 않았다. 거침없이
나섰다. 먼 나라의 낯설고 복잡한 길도 걱정하지 않았다.

겁나지 않는가 물었을 때 친구는 태연히 웃으며 대답했다. 서울
에서와 똑같다. 매일 길을 잃지만 결국엔 집에 돌아오지 않는가.
덧붙여 친구는 말했다.

"알고 보면 길을 잃는 것은 자연스러운 일인 것같아."

몽골을 여행하다 깨달았다고 했다. 초원은 광활했으나 길이 없었다. 만들어진 길도 이정표도 없었다. 그저 내가 가는 것이 나의 길이었다. 그곳에서 태초의 지구를 느꼈고 이곳과 똑같았을 것을 알았다. 끝이 보이지 않는 초원에 서서 길의 맨 처음을 그려보았다. 처음에 길은 없었을 것이다. 오직 사람들의 발걸음만 있을 뿐. 한 사람이 풀밭 위를 걸었다. 풀이 누웠다. 또 한 사람이 흔적을 따라갔다. 풀은 더 깊이 몸을 뉘었다. 그렇게 발걸음이 이어졌다. 희미하던 흔적은 더 또렷해졌고 결국 길이 되었다.

"누구나 앞서 간 사람을 따르지만은 않았겠지. 스스로 길을 만드는 사람도 있었을 테고, 나처럼 방향을 잃는 사람도 있어서 덕분에 길이 다양해졌을 거야."

친구는 덧붙였다.

"길을 잃는다는 건 사실 길을 만드는 일인지도 몰라. 길을 잃는 건 자연스러운 일이야. 어차피 자연에 있어 정해진 길이란 없는 것이니까, 맞고 틀리고의 문제가 아닐지도 몰라."

내 친구의 이야기를 다 듣고 나서 너는 웃었다. 한결 기운이 난다고 했다. 너의 웃음이 건강하여 나는 참 좋았다.

또 길을 잃더라도 우리는 계속 갈 것이다. 혹시 네가 지치면 나는 힘내라는 말 대신 부지런한 목소리로 세상의 이야기를 들려줄 것이다. 그러면 너는 또 오늘처럼 웃을 것이고 나는 기뻐하며 너와 같이 길을 걸을 것이다.

아름다운 곳에 우리는 마침내 가서 닿을 것이다.

남자는 판도라의 상자를 열었다. 의도했던 것은 아니었다. 허락을 구하고 잠시 연인의 컴퓨터를 빌려 썼는데 이메일이 열려 있었다. 바로 눈을 거두지 못한 몇 초가 남자의 마음을 엉망으로 만들었다.

연인에게 지나간 사랑의 이름을 물은 적 있었다. 하필이면 흔한 이름이었다. 어디를 가도 같은 이름을 가진 사람이 있어 남자는 괴로웠다. '이런 분위기였을까. 이런 말투였을까' 괜한 상상에 복잡해졌다. '지나간 일은 지나간 것으로 두자' 애써 중심을 잡고 겨우 괜찮아진 참인데 망쳐버렸다. 여자의 이메일에서 그 사람의 이름을 보고 말았다. 노력해도 잊히지 않는 이름. '오랜만이다'라고 적힌 제목.

남자는 급히 눈을 거두었으나 잔상이 길었다. 어쩔 수 없이 얼굴이 굳었다. 여자가 표정이 안 좋다며 이유를 물었다. 남자는 거짓을 꾸며 말할 기운조차 없었다. 솔직하게 털어놓았다. 답을 듣고 여자는 남자를 컴퓨터 앞에 앉게 한 뒤 말했다. 나에게는 아무 의미 없는 메일이다. 당신이 복잡해질 이유 없다. 원한다면 얼마든지 읽어봐도 좋다.

여자가 메일을 열었다. 하지만 남자는 눈을 감았다. 보고 싶지 않았다. 볼 필요가 없었다. 여자의 행동이 모든 것을 말해주고 있었다.

사랑할 때는 사랑만 보면 된다.
남자는 눈을 뜨고 컴퓨터를 덮었다. 여자를 보았다.

"누구에게나 비밀은 있습니다. 비밀이란 참 묘한 것이에요.
스스로가 약점이라고 생각하면 약점이 됩니다.
약점이 아니라고 생각하면 별것 아닌 것이 되기도 하고요."

"나는 어느 날 밤 운전을 하다가 낯선 도로에 들어섰다. 어쩌면
인생이란 이런 것 아닐까. 이 길로 갔다가 저 길로 갔다가. 이제
또 다른 길이다."

영화 〈블러바드〉의 끝 장면. 주인공 놀란이 운전을 하며 했던
독백입니다. 놀란은 로빈 윌리엄스가 생애 마지막으로 맡았던 역
이었어요. 노년의 배우가 영화를 통해 남긴 마지막 메시지는 무
엇이었을까요.

영화는 솔직해질 용기에 대해 말하고 있습니다. 〈블러바드〉의
주인공 놀란은 무척 성실한 사람입니다. 26년이나 같은 은행에서
일했고 지점장 승진을 앞두고 있어요. 아내 조이는 지적이고 현

명한 여성입니다. 두 사람은 서로를 믿고 사랑했으며 대화도 잘 통했습니다만 어째서인지 건조하고 공허해 보였습니다. 이유는 사소한 교통사고를 통해 밝혀집니다.

놀란은 밤에 운전을 하다가 길 가던 청년과 살짝 부딪쳤습니다. 청년의 이름은 레오. 사고가 인연이 되어 놀란은 레오와 종종 만났습니다. 레오는 불법적인 일을 하며 거리의 인생을 살아가고 있었으니 놀란과는 어울리지 않는 조합이었지만 놀란이 먼저 레오를 찾았습니다. 마치 아들을 대하듯 정성껏 돌보았어요. 아내와의 사이에 아이가 없어서인가 싶었습니다. 주어야 할 사랑을 주지 못하고 가슴 안에 담아만 두면 공허해지기 마련이니까요. '사랑받는 일만으로는 충분하지 않았구나, 주고 싶은 사랑을 받아줄 사람이 있어야 비로소 정말로 행복해지는 것이구나' 생기를 찾아가는 그를 보며 생각했는데, 얼마 뒤 놀란이 가까운 사람들에게 고백을 합니다. 실은 12살 때 알았다. 나는 남자를 좋아하는 남자로 태어났다. 그동안 나 자신을 속이고 모두를 속이며 살아왔지만 이제는 솔직하게 살고 싶다. 레오를 사랑한다.

아버지는 놀란을 외면했고 아내는 울며 물었습니다.

"그 사람이 당신 말을 들어줘? 내가 못 주는 것을 당신에게 줘? 나 없이 뭘 할 수 있어? 나 없이 살 수가 있어? 나는 당신이 필요해, 놀란. 당신을 사랑해."

놀란은 담담하면서도 단호하게 말합니다.

"나도 당신을 사랑해. 하지만 내가 원하는 삶은 이게 아니야.

이제부터는 솔직하게 살고 싶어. 거짓으로 사는 동안 내 속은 썩어 문드러졌어. 나는 나로서 살고 싶어."

아내가 뜻밖의 말을 합니다. 나는 솔직해질 수가 없어서 놀란 당신과 결혼했다. 아내는 놀란과 같은 종류의 비밀을 갖고 있었던 가 봅니다. 비밀을 공유하고 이해하며 친구로서 사랑하며 긴 인생을 함께해왔던 거겠죠. 오직 친구 윈스턴만이 놀란의 선택을 지지해주었습니다. 윈스턴은 말했어요. 네가 행복하다면 나도 행복하다, 우리는 여전히 친구다. 덕분에 놀란은 힘을 낼 수 있었습니다.

잠시 후 영화는 각자의 길을 가고 있는 놀란과 아내 조이의 모습을 보여줍니다. 두 사람 모두 무거운 짐을 내려놓은 듯 홀가분해 보였어요. 편안한 것 같았습니다.

누구에게나 비밀은 있습니다. 비밀이란 참 묘한 것이에요. 스스로가 약점이라고 생각하면 약점이 됩니다. 약점이 아니라고 생각하면 별것 아닌 것이 되기도 하고요. 중요한 것은 비밀을 감추기 위해 가짜로 살면 행복할 수 없다는 겁니다. 솔직해지려는 용기가 우리를 더 좋은 관계로 이끕니다. 좋은 사람이고 진짜 내 사람이라면 놀란의 친구 윈스턴처럼 말할 거예요.

"어떻든 나는 상관없어. 네가 행복하다면."

남은 인생은 그들과 함께하면 돼요. 좋은 사람들과 좋은 인생을 살게 되는 거죠. 그러니 당신이 두려워하는 그것, 두렵더라도 두려워하지 말았으면 좋겠어요. 우리, 최선을 다해 진짜로 살면 좋겠어요.

길을 잃는다는 건 사실 길을 만드는 일인지도 몰라.
길을 잃는 건 자연스러운 일이야.

一

더 좋아지기 위해서는 혼자 있는 시간이 필요합니다

사랑에 상처를 받고 여자는 한참이나 숨어 있었다. 친구들은 전화를 걸어 여자에게 물었다. 어떻게 해주어야 할까. 우리가 무엇을 해주어야 너는 괜찮아질까.

여자가 원했던 것은 오직 하나.
혼자 있는 것이었다.

책에서 읽은 적이 있다. 아메리카 인디언들은 몸이 아프면 짐을 싸서 산속으로 들어간다 했다. 바람 속을 걷고 나무에 기대고 땅에 누워 있으면 좋아졌다. 대자연이 그들을 치료했다. 정확히 말하면 치료를 한 것은 그들 자신의 생명력이었다. 대자연이 그들 몸 안에 잠든 생명력을 일깨웠다.

여자는 말했다.

"혼자 있을게."

여자는 아파하는 자신을 아파하게 두었다. 바닥에 닿고 나니 올라가고 싶어졌다. 여자는 자기 힘으로 벗어났다. 하고 싶은 일이 생겼다. 취미로 향초를 만들기 시작했다. 스스로 빛을 만들고 싶었던 것인지도 모른다. 만들어 놓은 것이 꽤 많아 주위에 선물했다. 어떻게 만드는 것인가, 가르쳐줄 수는 없는가 묻는 사람들이 생겼다. 오래 타인을 향해 닫혀 있던 여자의 현관문이 열렸다. 사람들이 드나들었다. 같이 초를 만들고 차도 마셨다. 일상이 향기로워졌다. 향기를 따라 사랑도 왔다. 마침내 여자는 세상으로 나왔다.

오랜만에 만난 친구에게 여자는 말했다.

"사랑이 이제는 아프지 않아. 다정하고 즐거워. 어쩌면 초를 만들며 배운 것이 있어서인지도 모르겠어."

'기다림'.

초를 만들며 여자는 자꾸 기다렸다. 왁스를 녹이고 적당히 식기를 기다렸다. 향을 섞어 유리병에 담은 뒤에도 또 기다렸다. 완전히 굳기 전에 병을 움직이면 균열이 생겼다. 두 시간쯤 지나면 다굳은 것처럼 보였지만 더 기다리는 것이 맞았다. 다섯 시간쯤 두었다가 불을 붙여야 제대로 향기로웠다. 기다림은 어느새 여자에게 습관이 되었다.

기다리는 시간들이 가르쳐주었다.

뜨거운 것보다 더 좋은 따스한 순간이 있다는 것.
시간을 들여 단단해질 때까지 기다려야 한다는 것.
그래야 균열 없이 향이 오래가는 좋은 사랑이 된다는 것.

바람이 불었다. 친구는 여자를 보며 웃었다.
너를 스친 바람이 나에게로 불어오니 향기롭구나, 했다.

너무 많은 일들이 한꺼번에 너에게 일어났다. 잘 버텨내는 것 같
았지만 사실은 아니었다. 비밀을 털어놓듯 너는 많이 두렵다고
했다.

나는 너의 손을 잡았다. 너는 다이아몬드처럼 단단하고 귀한 사
람이다. 누가 칼을 댄다고 해도 너는 훼손되지 않을 것이다. 두려
워하지 않았으면 좋겠다 말했다.

현실은 말처럼 쉽지 않았던 것 같다. 너는 사라졌다. 무너진 것인
지도 모른다. 한참이 지나서야 너를 만날 수 있었다. 말개진 얼굴
이라 안심이 됐다.

"조용히 있으니 가라앉더라."

너는 말했다. 조용히 있으니 복잡하던 현실이 잠잠해졌다. 시끄럽던 속도 가라앉았다. 그제야 천천히 앞이 보였다. 나를 안으며 너는 말했다.

"다시 보니 참 좋다"

마주 닿은 가슴으로 나는 느꼈다. 느껴보려 했다. 네가 혼자 견뎠을 시간. 분명 춥고 외로웠을 것이나 돌아온 너의 품은 평온하고 따뜻하여 나는 무사의 명검을 떠올렸다. 명검은 딱딱하지 않고 오히려 휘어진다. 휘어져서 부러지지 않는다. 너는 모든 것이 전보다 부드러웠다. 목소리와 눈빛과 몸짓 그 모든 것이 조용히 견디는 동안 네가 성장했음을 보여주고 있었다.

고마웠다. 돌아와줘서.
정말 고마웠다. 지지 않았던 네가.

더 깊이,

나는 너를 안았다.

사랑이 깨지고 너는 울었다.

나는 너를 그냥 두었다. 억지로 웃으라 하고 싶지 않았다.

오래전 사랑을 잃었을 때 나는 아프지만 아프지 않은 척했다. 눈
물이 났지만 애써 웃다가 나중에 뚝 부러졌다. 그날 나는 거울 속
에서 표정이 지워진 나를 발견했다. 웃고 있지만 진짜가 아니었
다. 얼음 가면을 쓴듯 차가웠다. 그제야 나는 울었다.
어쩌다가 제대로 울지도 못하는 여자가 된 것일까. 억울하고 슬
펐다. 깨진 사랑은 물론 혼자 꾸역꾸역 견뎌온 시간까지 다 눈물
이 되었다. 뜨거운 눈물에 얼음 가면이 녹았던가 보다. 며칠이나
울고 난 끝에 나는 제대로 웃을 수 있었다.

너를 그냥 울게 둔 것은 그날의 내가 생각났기 때문이었다. 뒤늦게 마음이 부러지면 더 아프다. 더 힘들다. 차라리 지금 우는 것이 나았다. 네가 내미는 손을 잡고 나는 말했다.

"괜찮아, 실컷 울어."

너의 울음소리가 커졌다. 나는 더 이상은 아무 말도 말하지 않았다. 다만 너의 등을 가만히 쓸어주었다.

알고 있다.
이별이 가슴 한복판에 남기는 시리고 차가운 것.
녹여줄 수 있는 것은 둘뿐이라는 것도 알고 있다.

뜨거운 눈물과 사람의 체온.

얼었던 것을 너는 눈물로 녹이는 중이었다. 나는 거기에 나의 체온을 보탰다. 울고 쓰다듬으며 하나의 밤이 지나고 또 며칠을 지내면 웃는 날도 올 것이다.

나는 시간의 힘을 믿었다.
그리고 사람이 가진 온기를 믿었다.
온기가 가진 힘을 믿었다.

나는 오늘의 너를 걱정했으나 내일의 너는 걱정하지 않았다.

함께 있다, 우리는.
굽은 등을 쓸어주며 내가 너의 옆에 있다. 있을 것이다.
더는 너, 춥지 않을 것이다.

괜찮아지는 것은 당연하다.

"혼자 되는 시간을 겁내서도 안 되고,
혼자 걷는 길을 두려워할 필요도 없습니다.
고독과 외로움을 너무 걱정하지 않았으면 좋겠어요."

영화 〈와일드〉는 실화를 바탕으로 하고 있어요. 주인공은 4,275킬
로미터나 되는 트레킹 코스를 혼자 완주한 여자, 셰릴입니다. 길
위에 서기 전 셰릴은 엉망진창이었어요. 어머니가 돌아가시고 난
뒤 중심을 완전히 잃었죠. 사랑하는 사람과 결혼했지만 수많은
남자들과 밤을 보냈고 마약에도 빠져들었어요. 남편은 셰릴을 최
선을 다해 끌어안았지만 버티지 못한 것은 셰릴이었습니다.

이혼을 한 뒤 셰릴은 길을 나섰습니다. 몬스터라고 불릴 만큼
커다란 배낭을 메고 모하비 사막을 건넜어요. 짐은 무겁고 신발
은 맞지 않았으며 물이 떨어졌습니다. 위태로운 순간마다 셰릴의
눈에는 생전의 엄마 모습이 보였습니다. 고단한 날에도 웃음을

잃지 않았고 어려운 가운데도 딸이 교양 있는 삶을 살도록 최선을 다해 이끌었던 사람. 차마 보낼 수가 없어서 셰릴은 마지막 순간 엄마의 뼛가루 일부를 삼켜버릴 정도였는데요, 많이 보고 싶었던 탓인지도 모르겠습니다. 길 위에서 셰릴은 엄마를 닮은 사람을 만났습니다. 덕분에 잊고 있었던 소중한 말을 기억해낼 수 있었어요. 석양이 아름답던 날, 엄마는 딸을 안고 말했습니다.

"셰릴. 일출과 일몰은 어디에나 있어. 네가 마음을 먹는다면 언제든 아름다움의 길을 걸을 수 있단다."

'아름다움의 길'이라는 말이 계속 셰릴의 마음 안에 울렸습니다.

길 위에서 만난 사람들은 여러 가지 면에서 셰릴의 엄마와 닮아 있었습니다. 캠핑장에서 만난 중년의 남자는 셰릴에게 짐을 정리하는 법을 알려주었어요. 한 번도 쓰지 않은 것들, 쓰지 않을 것들을 이제 버리고 가라고 했죠. 가벼워야 더 오래 즐겁게 걸을 수 있으니까요. 한 친구는 이렇게 말했습니다.

"폭설이 내린 지역이 있으니 돌아가도록 해. 꼭 자신과의 약속을 지키지 못하는 것이 마음에 걸린다면 조금 더 걸으면 되잖아."

셰릴은 그 친구의 말을 이해했습니다. 돌아갔지만 더 오래 걸었어요. 마침내 도착한 곳은 원래 목표했던 곳은 아니었습니다만 근사한 이름을 갖고 있었어요. '신들의 다리'.

셰릴은 신들의 다리에서 느끼고 깨달은 것을 기억하고 기록했으며 건강하게 살기 시작했습니다. 길을 나설 때는 상상도 할 수 없던 멋진 곳에 도착을 했죠. 엄마가 보았다면 "우리 딸 셰릴, 아름답구나. 아름다운 길을 걷고 있구나" 하고 웃었을 거예요.

우리가 혼자 서야 하는 이유를 셰릴은 보여주고 있습니다. 사랑하고 아껴주는 남편이 있었지만 셰릴은 홀로 떠났어요. 엄마에게 기대어 살아오다가 엄마가 사라지니 무너졌는데 또다시 타인에게 기댄다면 결론은 똑같을 겁니다. 게다가 당시 셰릴은 망가져 있었잖아요. 상자 안에 썩은 사과가 있으면 건강하던 사과들까지도 급격히 상해버린다고 들었어요. 가장 빨리 썩는 것은 바로 옆의 사과이고요. 서로 맞닿은 부분이 가장 빨리 상한다고 하죠. 망가진 상태로 곁에 있으면 사랑하는 사람까지 망치게 될 게 뻔해서 셰릴은 혼자 떠났습니다. 떠나서 발견했어요. 아름다움의 길에 들어서는 법.

종종 하나의 사랑이 떠나고 난 뒤 빈자리를 견디지 못해서 바로 다른 사랑에게 기대는 사람들을 봅니다만 시행착오를 반복하게 될 뿐이에요. 더 필요한 것은 기댈 사람이 아니라 혼자 있는 시간일지도 모릅니다.

고독과 외로움을 너무 걱정하지 않았으면 좋겠어요. 셰릴의 안에 남은 어머니의 기억이 셰릴을 아름다움의 길로 이끌었듯이 우리가 해온 사랑이 우리를 이끌어줄 테니까.

사랑하는 사람이 남긴 기억은 우리 안에 있습니다. 사랑을 되새기고 감사하며 걷다보면 알게 될지도 모르겠어요. 혼자 가는 길이 사실은 같이 가는 길이며, 사랑을 확인하는 길이라는 것.

一

당신을 제대로 알아봐주는 사람 반드시 있을 거예요

남자와 여자는 서로 다른 언어를 사용했다.

남자는 이 땅을 떠나본 적 없었지만 여자는 먼 나라에서 태어나고 자랐다. 두 사람이 서울에서 만난 것은 순전히 우연이었으나,

우연에서 비롯된 작은 것들이 모여 운명을 만들었다.

첫 만남은 이상할 정도로 편안했다. 떨림은 나중에 찾아왔다. 다시 만나던 날엔 첫날보다 더 떨렸다. 세 번째엔 조금 더 떨렸다. 커져가는 두근거림 속에서 남자는 여자를 기다렸고 머지않아 남자는 여자가 없는 시간은 상상할 수 없게 되었다.

두 사람은 상대의 언어를 알지 못했다.

한동안은 표정과 눈빛, 몸짓만으로도 사랑을 말하기엔 충분했으나 결국엔 말이 필요했다. 보이지 않는 마음을 전하고 싶어진 것이다. 그동안은 자신의 모국어도 아니고 상대의 모국어도 아닌 영어로 소통했으나 오늘 여자는 남자에게 말했다.

너의 언어를 배우기 시작했다고.

이유를 물었다. 듣고 싶기 때문이라 했다. 가장 편안한 언어로 말하는 남자의 마음. 그제야 남자도 털어놓았다. 실은 나도 너의 모국어를 배우고 있다.

말하기보다 먼저 듣기가 가능해졌다. 그들은 각자 자신의 언어로 마음을 전했고 그것은 보다 진심에 가까운 말들이었다. 둘은 빠른 속도로 상대의 언어를 익혀갔는데 그 속도는 사랑의 깊이와 비례했다. 언어가 열리니 문화가 보였다. 서로에 대한 이해는 더욱 깊어졌다.

낯설던 두 개의 세상이 만나 즐겁게 하나가 되었다.

둘이 만나 이룬 더 큰 하나,

그것을 그들은 사랑이라 불렀다.

"믿을 수 있는 사람이 참 없다."

너는 지친 목소리로 말했다. 무슨 일인가 묻는 대신 나는 너를 안아주고 소파를 내어주었다. 오래된 나의 소파를 너는 좋아했다. 얼마 지나지 않아 너는 잠이 들었다. 고르게 숨 쉬는 소리가 들렸다. 담요를 덮어주고 나는 하던 일을 계속했다. 평소와 다를 바 없는 저녁이었으나 네가 있다는 것만으로 집 안의 공기가 달랐다. 온기를 품었다.

두 시간쯤 지나 네가 일어났다. 나는 물었다.
"밥 차려줄까?"
너는 고개를 저으며 냉장고를 열어 맥주를 꺼냈다.

우리는 마주 앉았다. 너는 말을 재미나게 하는 사람이었다. 언제나처럼 나는 네가 있어 웃었다. 무엇이 힘들었는가, 너는 말하지 않았다. 안 좋은 일에 대해서 너는 한결같이 침묵하는 사람이었다. 말을 하면 다시 생각하게 돼서 싫다고 했었다.

너의 방식이 나에게로 옮아왔다. 나 또한 무엇이 힘드냐 묻는 대신 좋아하는 것에 대해 이야기하다가 나는 말했다.

"좋은 사람들은 어디 있을까. 좋은 사람들을 많이 만나고 싶어. 좋은 사람들과만 같이 살고 싶어."

질문에 대답하는 대신 너는 어릴 때 이야기를 들려주었다.

"자전거를 배우던 날이었어. 아빠가 뒤에서 잡아줄 테니까 걱정하지 말고 앞으로 가라고 하셨지. 한참을 신나게 달리다가 아빠를 불렀는데 대답이 없는 거야. 난 혼자서 달리고 있었던 거야. 그래도 든든했어. 아빠가 등 뒤에 있다고 느끼는 동안."

알 것 같았다. 네가 하려는 말.

어차피 결국엔 혼자 가야 한다. 좋은 사람이라면 나란히 가지 못해도 괜찮다. 멀리 있어도 되고 뒤에 있어도 좋다. 힘이 되어주지 않아도 괜찮다. 그저 있어주면 된다. 많은 사람이 필요하지 않다. 완전히 믿을 사람 단 하나면 충분하다.

그래, 나는 있겠다. 그저 있겠다, 여기.
옆에 없어도 옆에 있는 사람으로 있고 싶다, 나는.
멀리 있어도 여전히 힘이 되어
너를 계속 앞으로 나가게 하는 사람으로 있고 싶다, 나는.

너의 옆에 뒤에 혹은 어디라도 있겠다, 나는.

딱 한 사람만 있으면 되었다.

내게 지금 필요한 것은 내가 지금 참 힘들다고 말할 수 있는 딱 한 사람이었다.

하지만 여자는 아무에게도 속내를 털어놓지 못했다. 모두가 무거운 삶을 산다. 자신의 짐까지 같이 져달라고 할 수 없었다. 여자는 자신으로 인하여 누군가의 삶이 무거워지는 것을 원하지 않았다. 하지만 너무 무거웠다. 혼자 삼키고 혼자 담아두기엔 벅찼다. 여자는 친구도 별로 없는 SNS에 자신의 이야기를 적었다. 솔직했다. 내압이 높아져 터져버리기 전에 뱉어내야 했다.

그뿐, 아무것도 원하지 않았으나 뜻밖의 것이 돌아왔다.

따스한 것들. 친구들의 연락.

나도 비슷한 일을 겪고 있다, 겪어보았다며 그들은 말했다.
"너의 마음을 이해한다."

이해한다는 말에 여자는 좀 눈물이 났다. 더 놀라운 것은 그들이
전해온 "돕고 싶다"는 말이었다. 내가 할 수 있는 일은 없겠냐고
묻고 작지만 힘을 보태겠다고 했다. 실은 그들 역시 도움이 필요
한 사람들이었다. 그런데 여자를 돕겠다고 말하고 있었다. 그들
역시 위로가 필요한 사람들이었다. 그런데 오히려 여자를 위로하
려 했다.

알았다. 아픈 것이 꼭 나쁜 것은 아니다. 혼자 견디기 힘든 쓰린 순간들을 통해 우리는 함께 있어야 하는 이유를 배운다. 타인을 품을 수 있게 된다. 사람을 향해 가는 과정이다, 더 이해하는 시간이다 생각하니 아픈 것도 제법 괜찮았다.

무엇보다 좋은 것은 이것이었다.
'혼자 아픈 것이 아니다.'

여자는 조금 덜 외로워졌다.

"제대로 나를 알아주는 사람은 어디 있을까.
단 한 사람만 나를 제대로 알아준다면
사는 일이 한결 힘이 나고 신이 날 텐데."

세상이 내 마음 같지 않고 나를 알아주는 사람 하나 없어 무릎이 꺾일 때가 있습니다. 다큐멘터리 영화 〈서칭 포 슈가맨〉은 말합니다.

"여기가 아닌 저기, 지금이 아닌 나중이라고 해도 알아주는 사람은 반드시 온다."

슈가맨이라고 불리는 뮤지션 로드리게즈는 1970년에 미국에서 음반을 냅니다. 겨우 여섯 장이 팔렸어요. 이듬해 또 한 장의 앨범을 내지만 반응이 없기는 마찬가지였습니다. 그는 무대를 떠났고, 권총 자살을 했다, 공연 중에 분신을 했다, 흉흉한 소문만이 남았습니다.

그런데 기적 같은 일이 지구 반대편에 있는 남아프리카공화국에서 일어났어요. 미국에서 남아공으로 여행을 온 여학생 하나가 그의 앨범을 챙겼는데 친구들이 듣고 모두 좋아해서 녹음을 해서 나눠 가졌던 거죠. 당시 남아공은 폐쇄적이고 보수적인 분위기였어요. 현실이 답답했던 젊은이들은 있는 그대로 자유롭게 살자는 로드리게즈의 메시지에 열렬히 반응했습니다. 남아공에선 음반은 50만 장 이상이나 팔렸고, 10번이나 골든레코드를 기록했으며, 비틀스와 사이먼앤가펑클만큼이나 인기가 있었지만 정작 미국에 살고 있던 로드리게즈는 아무것도 몰랐습니다. 모르는 채 가난한 수리공으로 살고 있었는데 어느 날 남아공에서 전화가 걸려왔어요.

수화기 너머의 남자가 놀라운 말을 했습니다.

"살아 있었군요. 당신을 찾고 있었어요. 로드리게즈, 당신은 우리 남아공에서 엘비스보다 유명해요."

로드리게즈는 남아공으로 날아갔습니다. 공연이 열렸고 수만 명이 열광했지만 로드리게즈는 전혀 긴장하지 않았습니다. 사람들은 그날의 로드리게즈를 두고 '오래 찾아 헤매던 집을 비로소 찾은 사람처럼 보였다'고 표현했죠.

미국으로 돌아가서 로드리게즈는 살던 방식 그대로 살았습니다. 종종 남아공을 방문했고 수십 번의 공연을 성공적으로 이끌었지만 수익금은 모두 주변에 나눠주고 40년째 살고 있는 소박한 집에서 계속 살았어요. 자신을 바꾸지 않았습니다. 음악처럼 생활 또한 심플하고 솔직해서 그가 했던 노래 모두가 진심이고 진짜였다는 것을 알 수 있었어요.

'제대로 나를 알아주는 사람은 어디 있을까, 단 한 사람만 나를 제대로 알아준다면 사는 일이 한결 힘이 나고 신이 날 텐데' 싶어 쓸쓸해지는 날이면 로드리게즈를 떠올립니다.

늦더라도 꼭 올 거라고 믿어요. 여기가 아니면 저기 있을지도 모르죠. 그저 여기가 아니고, 그저 지금이 아닐 뿐. 그때까지 우린 나 자신으로서 당당히 살아가면 돼요. 언젠가 어디선가 비로소 만나지면 오래 찾던 집을 찾은 듯 우리 편안할 테니. 불안해하지도 말고, 조급해하지도 말아요, 우리.

딱 한 사람만 있으면 되었다.
내게 지금 필요한 것은
내가 지금 참 힘들다고 말할 수 있는 딱 한 사람이었다.

一

당신이 옆에 있어주는 것만으로도 충분해요

그 사랑은 자꾸 기울었다.

너는 꼭 시소를 타는 기분이라고 했다. 너는 그를 사랑했으나 평형의 상태를 원했다. 둘이 똑같이 사랑하는 관계 말이다. 하지만 자꾸 기운다며 억울하다고 했다. 더 많이 사랑하는 사람이 너인 것 같아서 말이다.

하지만 사랑을 잃어본 사람은 알고 있다. 내가 주는 사랑을 기꺼이 받아주는 사람이 있다는 것은 얼마나 소중한 일인지. 그 자체로 행복이다. 주고 싶은 사랑이 내 안에 가득한데 더 이상 줄 수 없게 되면 사랑은 더 이상 사랑이 아니라 아픔이 된다.

너는 아니지 않은가, 기꺼이 받아주는 남자가 있지 않은가, 그러니 행복한 거다 하고 말하고 싶었으나 나는 침묵했다. 너를 위로할 수 있는 것은 그 남자의 사랑뿐일 테니까.

대신 나는 너의 화장을 곱게 고쳐주고 "예쁘다, 참 예쁘다" 했는데 돌아와 웃으며 말했다.

"놀이터 앞을 지나다가 둘이서 정말로 시소를 타보았는데 같이 타고 있다는 것 자체로 그냥 즐겁더라. 누가 올라가고 누가 내려가고는 상관없었어."

그래, 같이 있으면 된다. 오늘은 네가 더 많이 사랑하더라도 너는 좋은 사람이니까 머지않아 반드시 그가 너를 더 사랑하는 날이 올 것이다. 그런 그를 너는 또 더 사랑하고, 그도 그만큼 더 많이 너를 사랑하는 일. 상상만으로도 참 예뻤다.

누가 더 사랑하는가보다 더 중요한 것은,
계속 더 사랑하는 일이다.

너의 어깨가 굽은 것, 처음엔 밤의 공기 때문인 줄 알았다. 날씨가 차서 자꾸 움츠리는 줄 알았다. 냉정하기까지 한 밤의 공기 속을 걷다가 우리는 공원의 나무 의자 앞에서 발을 멈췄다. 한참을 나란히 앉아 있는 동안 너는 줄곧 묵묵했고 나는 너의 침묵을 걱정했다.

오래 잠잠하다가 낮은 목소리로 너는 말했다.

"6개월만 시간을 되돌릴 순 없을까?"

친구가 많이 아프다고 했다. 6개월 전이라면 뭘 어떻게든 해볼 수 있었을 테지만 지금은 너무 늦어버렸다며 너는 자책했다.

흘려듣지 말았어야 했다, 자꾸 고단하다고 할 때. 흘려듣지 말았어야 했다. 또 코피가 났다고 할 때나 소화가 안 된다고 했을 때 흘려듣지 않고 병원에 데려갔다면 달라졌을 거라고, 지금쯤 아무 것도 할 수 없음을 한탄하지 않고 여전히 할 수 있는 일이 있다는 사실에 감사했을 거라며 너는 고개를 떨궜다.

나는 굽어진 너의 등을 열심히 쓸어주었지만 감히 희망에 대해서는 말할 수 없었다. 기적이 일어날 것이고 괜찮아질 거라고, 분명 좋아질 거라고 차마 말할 수 없었다.

내가 너에게 주고 싶은 것은 아주 잠깐 괜찮다가 이내 공허해질 한때의 위안이 아니었다.

"친구라면서 몰랐어. 친구라면서 너무 무신경했어. 친구라면서, 바보 같았어."

자책이 깊어지는 너를 안고 나는 말했다.
"그렇지 않아. 네 잘못이 아니야. 그렇지 않아. 정말로 네 잘못이 아니야."

너는 울었고 나는 너를 울게 두었다.
어설픈 위로보다 더 필요한 것은 실컷 우는 시간인지도 몰랐다.
너의 어깨는 오래 흔들렸으나 끝내는 잠잠해졌다.

집으로 가는 길.
적당한 말은 끝내 찾아지지 않았고 나는 침묵하는 대신 너의 가방을 대신 메었다.

비록 지금 할 수 있는 일은 이것뿐이지만, 부디 내가 있어 너의 어깨와 마음이 덜 무겁기를 바랐다. 가야 할 길은 멀고 어두울 테지만 우리의 우정이 절망보다 강하기를 바랐다.

네가 혼자 울지 않고
나에게 와서 나와 같이 울기를 바라며 조용히 걸었다, 나는.
기꺼이 너의 짐을 들고서 너의 곁에서 걸었다, 나는.

오늘은 바람이 불고 비가 내렸다.

나는 우리가 함께 산을 오르던 그날을 기억했다. 여럿이 산에 오르던 날이었다. 나는 산을 오르는 일에 서툴렀다. 느렸다. 나를 제외한 모두는 발이 빨랐다. 노력했으나 나는 뒤로 처졌다. 일행은 점점 멀어졌다. '혼자 남겠구나' 하는 순간 나는 내 곁의 너를 느꼈다.

그러고 보니 너는 줄곧 나의 뒤에 있었다.
이상했다.
너는 산에 익숙해 보였는데 왜 내내 나의 뒤에 있는가.

너는 일부러 천천히 걸었고 풀리지도 않은 신발끈을 고쳐 매기도 하고 발이 아픈 척하기도 했다. 그게 나를 위한 너의 배려인 것을 나는 알았다. 알아보았다.

너무 느린 것을 내가 부끄러워할까 봐 너는 괜히 느렸다.
너는 느린 걸음과 느린 몸짓으로 말하고 있었다.
미안해하지 말아라, 너의 속도대로 가도 괜찮다.

고맙다 말할 수 있었던 것은 갑자기 비가 쏟아진 다음이었다. 일행에게서 연락이 왔다. 다들 산장에 도착해 비를 피하고 있다는데 너는 나와 함께 산길에서 비를 맞았다. 길이 미끄러워 나는 자꾸 발을 헛디뎠고 걷기가 어려웠는데 네가 나를 멈춰 세우고 배낭을 열었다. 우산과 옷을 꺼내 나뭇가지에 걸었다. 비를 피할 작은 공간이 생겼다. 그러고는 보온병을 꺼내 커피를 따랐다. 향기와 온기가 좋았다.

우리는 천천히 가까워졌다.

느렸으나 두 마음은 단단히 얽혔다.

같이 비를 피할 사람이 있어 나는 참 좋았다.

더 좋았던 것은 빗속에서도 네가 나의 옆에 있었다는 사실이었다.

그로 인해 나는 너를 온전하게 믿었다.

차가운 빗속에 나를 혼자 두지 않는 사람.

네가 있어 내 마음은 비가 와도 젖지 않았다.

"사랑하는 사람에게 줄 수 있는 것이
너무 없어 미안하다고 말하지 않기로 해요.
곁에 있어주는 것, 그 자체로 사랑이니까."

장예모와 공리가 함께한 영화입니다. 〈5일의 마중〉은 중국 문화
대혁명 시기에서 시작합니다. 대학교수였던 루옌스는 수용소에
서 도망을 나와 가족을 만나러 옵니다. 아내에게 아침에 기차역
에서 만나자는 말을 남겼죠. 아내는 남편을 따라가려고 만반의
준비를 했지만 약속 장소에 나가보니 남편은 이미 공안에게 잡혀
가고 있었습니다. 차마 보낼 수가 없어서 아내는 울부짖고 몸부
림치다가 공안에게 맞아 머리를 다칩니다. 부분적으로 기억을 상
실했어요.

그로부터 20년이 지났습니다. 아내는 여전히 남편을 사랑했고
기다렸는데 마침내 편지가 도착했어요. 남편에게서 온 편지였습

니다. '5일에 기차를 타고 집으로 돌아갈 것'이라고 적혀 있었죠. 아내는 부지런히 남편을 맞이할 준비를 하고 5일이 되자 새벽부터 기차역에 나가 기다렸지만 남편은 오지 않았습니다. 실은 남편이 왔지만 알아보지 못한 거예요. 아내는 기억을 상실했고 판단력도 문제가 있었으므로 20년이 지나 변해버린 남편을 알아볼 수가 없었습니다.

20년 동안 아내를 생각하며 긴 시간을 버텼고 마침내 만나졌는데 자신을 알아보지 못하다니, 루엔스는 절망합니다만 시간을 두고 기다리며 노력을 기울이기로 합니다. 아내가 자신을 받아들일 때까지는 옆집 남자로 살기로 했어요. 피아노를 고쳐주기도 하고 무거운 물건을 대신 들어주며 아내를 돌보았습니다. 기억을 되살리기 위해 자신이 아내에게 보냈던 편지들을 꺼내 하나씩 읽어주기도 했고요. 남편이 피아노 칠 때 가장 행복했다는 아내의 말에 아내가 집에 올 시간에 맞춰 피아노 앞에 앉아 기다리기도 합니다.

현관문 앞에서 남편의 피아노 연주를 듣고 만감이 교차하는 얼굴로 문을 열던 아내의 모습을 잊을 수가 없어요. 문을 열자 피아노 앞에 앉아 있는 남편이 보였습니다. 뒷모습이라서 젊은 시절과 별로 달라진 게 없었죠. 아내는 눈물을 흘리며 천천히 남편을 향해 걸었습니다. 루엔스는 눈물을 참으며 아내가 다가와 자신을 안아주길 기다렸습니다. 마침내 알아보는가 했지만 고개를 돌려 마주 보는 순간 꿈은 깨어졌습니다. 당신은 내 남편 루엔스가 아니라며 아내는 울부짖었어요.

결국 루엔스는 남편 루엔스로 살기를 포기합니다. 기억해주기를 바라는 욕심을 접고 그저 옆집 남자로 살아요. 몇 년 몇 월인지를 편지에 적지 않아 아직도 매달 5일이면 기차역으로 나가 자신을 기다리는 아내를 위해 이웃 남자로서 인력거를 끌어주고, 자신의 이름이 적힌 푯말을 들고 아내 곁에 서 있었습니다. 오지 않는 자신을 마냥 기다리는 아내의 곁에 담담한 표정으로 그는 있었습니다.

떨어져 있는 20년의 긴 시간을 통해 루엔스는 알았던 것 같습니다. 옆에 있을 수 있다는 것 자체가 사실은 행복이라는 것. 굉장한 일이고 굉장한 사랑이라는 것. 그러니 우리, 사랑하는 사람에게 "줄 수 있는 것이 너무 없어 미안하다"고 말하지 않기로 해요. 있어주는 것, 곁에 있어주는 것 그 자체로 사랑이니까.

누가 더 사랑하는가보다 더 중요한 것은,
계속 더 사랑하는 일이다.

그리고 여기, 우리 함께 있는

Scene 04

一

상처를 두려워하지 말아요

남자는 그 집 앞 공원에서 걸음을 멈췄다. 늘 앉던 벤치 앞이었다. 밤의 공기는 달았고 올려다보니 라일락이 피어 있었다. 나무 아래서 남자는 여자를 기억했다. 라일락이 피는 계절에 여자는 태어났다. 남자는 여자가 라일락과 닮은 사람이라 생각했었다.

"라일락 잎은 심장의 모양을 닮았고, 잎을 떼서 혀에 대면 사랑의 맛을 알 수 있다"고 여자가 말했을 때, 바로 그 자리에서 잎을 떼어 맛을 보지 않았던 것은 막연히 믿었기 때문이었다. 꽃이 내는 향기처럼 잎도 달콤할 것이라 생각했었다.

아닌 것을 이제야 알았다.

오늘 남자는 난생처음 라일락 잎을 떼어 입안에 넣었다. 혀에 느껴진 것은 고통스러울 정도의 쓴맛이었다.

사랑이란 본디 쓴 것인지도 모른다고 작은 잎 하나가 남자에게 말하고 있었다. 결국엔 쓰디쓴 것이 남았다는 점에서 라일락은 여자와 남자의 날들을 닮아 있었다. 그러나 아팠다고 해서 남자는 여자를 원망하지 않았다. 원망하지 않으려고 했다. 이제는 알고 있기 때문이다.

사랑을 한다는 것은
한 그루의 라일락 나무를 통째로 끌어안는 일이다.
꽃만 가질 수는 없다.

달콤한 순간만 가질 수는 없었다. 쓰디쓴 순간까지도 모두 사랑이었다. 여자로 인해 웃던 날들뿐만 아니라 울던 날들까지 모두 사랑임을 라일락 나무 아래서 남자는 알았다.

사랑이었다, 전부가.
함께 나누던 미소는 물론 눈물까지도 사랑이었다.

여름의 끝.

여자는 인연 하나를 보냈다.

사랑은 끝난 지 오래였으나 미련으로 한참을 끌었다. 보내고 난 자리는 복잡하고 어지러웠다. 가을이 오고 있었다. 새로운 계절을 제대로 시작하고 싶어 여자는 대청소를 시작했다. 온 집 안을 헤집어놓으니 정리해야 할 것이 산더미였다. 엄두가 나지 않아 맥이 빠졌다.

멍하니 있다가 텔레비전을 틀었다. 거대한 산을 혼자 넘은 남자가 나왔다. 사람들이 비결을 물었다. 대단한 장비도 없이, 도와주는 사람도 하나 없이 어떻게 혼자 넘을 수가 있었는가.

남자는 대답했다.

"비결 같은 건 없습니다. 그저 한 발 한 발 걷다 보니 산이 끝났을 뿐이죠."

TV를 끄고 여자는 일어섰다.
'한 발 한 발 걷다 보니 산이 끝났다.'
꼭 자신에게 하는 말 같았다.

하나씩 하나씩 해나가면 된다.
언젠가는 끝이 날 것이다.
끝이 있다는 사실이 꽤 힘이 됐다.

알았다. 하나씩 하나씩 해나가면 된다는 것. 여자는 멈추지 않았다. 마침내 모든 것이 제자리에 있게 되었을 때 여자는 느꼈다. 드디어 끝났다.

새로운 계절이 시작되고 있었다.

그와 이별하던 날 너는 나를 찾아와 말했다.

"내가 없는 곳에서 그가 행복할 걸 생각하면 가슴이 조여와. 아프기도 하고. 나 없이 어떻게 행복할 수 있을까. 나 없이도 행복할 수 있다면 우리 사랑은 어떤 쓸모를 가졌던 걸까?"

원망하는 말투였지만 나는 알았다. 너는 상대의 불행을 비는 것이 아니었다. 오히려 너의 말은 사랑의 깊이를 증명하고 있었다. 연인이 많이 아프던 날, 너는 내게 말했었다.

"그가 아픈 걸 보느니 차라리 내가 아픈 게 낫겠어."

그러니 너는 비록 네가 없는 곳이라고 해도 그가 행복하길 빌 사람이었다. 다른 사람 곁이라고 해도 그가 행복하지 않다면 너는 견디지 못할 것이다. 차라리 행복한 것이 낫겠다고 할 것이다. 내가 아는 너는 본디 그리 생긴 사람이었다.

시간이 제법 흘렀다.
우연히 그와 마주쳤다며 너는 이야기했다.

"아무렇지도 않게 그의 행복을 빌어주었는데 진심이었어. 하나도 아프지 않아서 정말로 우리가 끝났다는 걸 알았어."

나는 네가 다다른 곳을 '끝'이라고 부르고 싶지 않다.
'성숙'이라고 부르고 싶다.

여름을 견디고 가을에 도착하던 날의 하늘처럼 더 넓어진 것이다.
자란 것이다. 사랑을 통과하며 너는.

"왜 상처를 두려워하나요.
상처가 오히려 사랑을 더 단단하게 엮어줄지도 모르는데."

영화 〈앙: 단팥 인생 이야기〉는 상처받은 사람이 상처받은 사람
을 구원하는 이야기입니다.

　주인공은 도라야키를 파는 작은 가게 점장인 센타로. 뜻하지
않은 사고로 큰 빚을 지게 됐고, 빚을 갚기 위해 평생 가게에 몸
이 묶인 신세입니다. 또 다른 주인공은 도쿠에 할머니예요. 50년
간 팥소를 만들어왔다며 아르바이트를 지원했습니다. 나이도 많
고 한센병을 앓아서 손까지 불편했지만 만들어온 팥소의 맛이 굉
장해서 같이 일을 하게 되었습니다. 할머니는 센타로에게 팥을
다루는 법을 차근차근 전수해주었어요. 재미난 이야기도 들려주
었죠.

"나는 소리를 듣는 사람이에요. 팥이 밭에서 만났을 바람과 새들, 햇빛의 소리를 들어요. 여기까지 와줬으니 참 고마운 일이죠. 불 위에 올려놓고 일정한 시간이 되면 팥의 냄새가 달라지는데 그 순간을 놓치지 말아야 해요. 팥에 당을 넣을 때는 둘이 서로 친해질 수 있도록 천천히 시간을 주어야 하고요."

팥이 맛있어지자 손님이 폭발적으로 늘었습니다. 할머니는 자신이 만든 것을 맛보며 행복해하는 사람들을 보고 싶어 했어요. 한센병의 흔적이 남은 손 때문에 사람들이 꺼릴까 걱정이 되었지만 할머니의 마음을 이해했으므로 센타로는 허락을 했습니다. 요즘은 약이 발달해서 한센병이 전염될까 걱정할 필요는 없었는데 사람들은 그래도 싫었던가 봐요. 발길을 뚝 끊었죠. 가게가 어려워지자 도쿠에 할머니도 일을 그만두었습니다. 혼자 남은 센타로는 술에 취해 노점에 나가 도라야키를 파는 상상을 하곤 했습니다. 그렇게 하면 할머니와 같이 일할 수 있을 테니까요. 그리워하고 있는데 할머니에게서 편지가 왔습니다.

"잘 지내고 있나요. 나는 세상의 소리를 듣는 사람이라고 이야기했었죠? 오늘 담장을 넘어 노는 바람이 점장님에게 연락을 해보라고 하네요. 일주일에 한 번 산을 내려갑니다. 벚꽃이 좋아 산책을 하다가 점장님을 처음 보았는데 꼭 10대 시절 격리시설에 처음 갇혔을 때 내 얼굴 같더군요. 공허하고 지쳐 보였어요. 도와주고 싶어서 말을 걸었습니다."

할머니는 50년간 격리시설 안에서 단팥과자를 만들어 팔아왔다고 했습니다. 도와주고 싶어서 시작한 일이지만 결국엔 자신이 행복해졌다고 편지에 적었죠. 바깥세상으로 나가 사람들을 만나고 사람들 속에서 지낸 것이 처음이었으니까요. 머지않아 할머니는 세상을 떠났고 평생 팥소를 만들며 썼던 도구들을 센타로에게 남겼습니다. 할머니의 마지막 편지에는 센타로에게 남기는 당부가 적혀 있었습니다.

"특별히 잘못한 것도 없는데 세상에 짓밟힐 때가 있습니다. 팥에 대해서 뿐만 아니라 인생에 대해서도 말해줄 걸 그랬어요. 센타로, 내가 했던 말을 기억하나요? 우리는 세상의 소리를 듣고 느끼려고 이 세상에 옵니다. 잘 듣고 느끼다가 떠나면 돼요. 특별한 존재가 되지 못해도 모두에게 살아갈 의미가 있는 겁니다."

친구들은 할머니를 그리워하며 벚꽃나무를 심었습니다. 봄이 되면 할머니의 기억은 꽃으로 피어날 거예요.

마지막 장면은 벚꽃이 활짝 핀 공원입니다. 센타로가 나무 아래서 "도라야키 사세요"라고 외치고 있습니다. 할머니가 남긴 도구들을 손에 들고 환하게 웃으면서요. 손님들이 몰려들었고 센타로는 신나고 즐거워 보였습니다. 새장을 빠져나와 하늘로 날아오른 새처럼요. 도쿠에 할머니가 센타로가 갇혀 있던 새장의 문을 열어주었던가 봐요. 바람을 따라 센타로의 주변으로 벚꽃 잎이 불어왔는데 그 모습 참 다정해서 마치 도쿠에 할머니가 여전히 센타로의 곁에 있는 것만 같았습니다.

'상처받은 나'라서 관계 맺기를 망설일 때가 있습니다만 도쿠에 할머니를 기억하면 좋겠어요. 먼저 상처받은 사람으로서 조언을 하고 도와주는 과정에서 할머니는 센타로는 물론 자신까지도 구원을 했습니다. 덕분에 센타로는 자유를 찾았고 할머니는 근사한 추억을 안고 떠날 수 있었잖아요. 상처를 숨기지 않고 다가와 특별하지 않아도 괜찮다고 말함으로써 할머니는 특별한 존재가 되었습니다.

그런데 왜 상처를 두려워하나요. 상처가 오히려 사랑을 더 단단하게 엮어줄지도 모르는데. 걱정하지 않아도 괜찮아요. 상처 입은 당신이라도 괜찮고 특별하지 않아도 괜찮아요. 우리가 부지런히 사랑을 한다면 사랑이 상처를 치유하고, 사랑이 우리를 특별하게 할 테니 우리는 사랑만 하면 됩니다.

하나씩 하나씩 해나가면 된다.
언젠가는 끝이 날 것이다.

一

지금의 당신도 충분히 예뻐요

그날 우리는 함께 자전거를 탔다.

오른쪽으로는 내내 바다.

바람이 얌전하여 바다마저 착한 오후였다. 고단한 여행을 원하지 않았으므로 우리는 자주 느려지거나 혹은 멈추었다. 마음에 드는 장소를 발견하면 너는 손을 들었고 나는 너를 따라 멈추었다. 카페 창가에 마주 앉아 우리는 차를 마셨고, 만족스러울 때까지 바다를 바라보기도 했다.

그리고 해녀 할머니가 하시는 식당. 섬에 올 때마다 네가 들르는 곳이라고 했다. 할머니는 평생 물질을 하다 보니 예순이 넘었다고 하셨다.

"무릎은 좀 어떠세요?"
네가 안부를 물었다.

"평생을 써먹었으니 고장이 날 만도 하지. 걱정해준 덕분에 좋아져서 다시 물질을 시작했어. 이렇게 또 보니까 반갑네."

할머니는 손수 따 온 해산물을 썰어 접시 위에 올려주셨다. 너와 할머니가 만드는 풍경이 정다워 웃음이 났다.

그리고 바람이 있었다. 고단하여 우리는 자전거에서 내렸다. 나무 아래 담요를 펴고 누웠다. 가슴속까지 맑게 쓸어주는 바람이 불어갔다. 초록의 냄새가 났다. 나른하여 나는 잠시 졸았는데 깨어보니 옆에서 잠든 너의 숨소리가 들렸다. 그 외에는 아무 소리도 들리지 않았다.

아무도,
아무것도 없었다.

바다가 있고 바람이 불고 자전거 두 대와 담요 하나. 그리고 오직
너만이 있었을 뿐이지만 완벽하게 행복하여 나는 알았다.

행복해지는 데는 많은 것이 필요하지 않다.

있고 싶은 곳에 있을 용기와 사랑할 사람만 있으면 된다.

"이 공원 아담해서 참 좋다. 마음에 들어. 다음에 여기로 소풍 오자."
남자는 말했었다.

남자와 여자는 겨울의 시작에 만났다. 혹한의 날들이 계속됐지만
추운 줄을 몰랐다. 처음 공원에 갔던 건 봄이 시작될 무렵이었다.
여자의 집 뒤에 있는 작은 공원이 마음에 든다며 남자는 피크닉
가방을 선물해주며 말했다.

"봄이 깊어지고 햇살이 따스해지면 우리 소풍 오자."

여자는 설레며 봄을 기다렸다. 궁리가 많았다.

"4월이면 될까, 5월이 더 좋을까. 샌드위치가 좋을까, 김밥이 더 재미날까."

질문이 많은 여자를 남자는 재미있어 했다.
아끼는 모포를 가방 안에 넣어두고 여자는 차곡차곡 소풍 준비를 했으나 봄은 차분하던 겨울과는 달랐다. 정신없이 지나갔다. 남자는 점점 더 바빠졌고, 여자는 투정이 많아졌다.

오늘도 남자의 퇴근이 늦었다. 잘 자라며 전화를 끊는데 마감 뉴스가 들려왔다. 제주에는 장마가 시작됐다. 장마 전선이 올라오고 있다 했다.

"소풍은 포기해야겠네."

한숨을 쉬는 여자에게 남자는 말했다.
"우리에게는 다음 봄이 있잖아."

이상했다. 그 말에 안도가 되었다. 다음, 또 다음인 거냐며 계속 투정만 부렸었는데 이번엔 달랐다. "우리에게 아직 다음이 남아 있다는 사실에 안심이 되네"라고 솔직한 마음을 말했다.

전화를 끊고 30분쯤 지났을까. 현관 벨이 울렸다. 문을 열어보니 남자, 손에 커피와 샌드위치를 들고 서 있었다. 둘은 소풍을 나갔다. 밤 소풍이 좋았다.

피크닉 가방은 필요 없었다.
대단한 준비도 필요 없었다.

조금의 시간과 두 사람만 있으면 충분했다.

남쪽 섬에는 장마가 시작됐다지만
두 사람에게는 마침내 봄이 도착했다.

오늘은 바람이 좋았고 우리는 누군가에게 바람으로 불어가는 일
에 관해 이야기했다.

너는 말했다.
"실은 폭풍 같은 사람이 되고 싶어. 한 번 스치기만 해도 그 사람
을 만나기 이전으로는 절대로 돌아갈 수 없는, 상대를 완전하게
흔들어놓는 대단한 사람 말이야."

그때 우리의 이마 위로 가볍고 맑은 바람이 불어왔다.
"꼭 이런 바람이었어" 하고 나는 이야기를 시작했다.

고단한 날 나를 위로한 것은 대단한 바람이 아니었다. 어디서든 만나지고 늘 옆에 있는 보통의 바람이었다. 뜨겁던 이마를 식혀 주고 나를 맑게 숨 쉬게 했다. 멀리 있는 아름다운 세상을 그리워하게 만들고 꿈을 꾸게도 했다. 고단을 잊고 나를 숨 쉬게 했다. 고마웠다. 충분히 고마웠다. 무엇보다 좋았던 것은 꾸준함이었다. 언제 어디서나 나에게로 불어왔다. 고맙고 좋았다.

내가 하려던 말을 너는 알아들었던 것 같다.
바람에 흔들리는 초록의 잎을 보며 너는 말했다.

"맞아, 이만큼만 되어도 대단한 것이지."

나는 고개를 끄덕였다.
대단한 사람이 되지 않아도 괜찮다. 곁에 있어 소중하다. 언제 올지도 모를 대단한 사람보다 언제나 곁에 있어주는 네가 나에겐 더 특별했다.

또 바람이 불어왔다.
하나의 작은 바람 안에서 우리, 나란히 웃었다.
작아서 더 소중한 것이 있다. 작아서 오히려 충분한 것이 있다.

"그대로 자연스럽게 있으면 돼요.
내 곁에선 그래도 괜찮아요."

꿈속을 여행한 듯한 기분이 들게 하는 영화예요. 〈한여름의 판타
지아〉. 짧지만 아름다웠던 인연을 담고 있죠.

여자 주인공은 혜정. 일본의 시골 마을을 여행하다가 감 농사
를 짓는 유스케라는 일본 청년을 만나게 돼요. 유스케는 그녀에
게 서슴없이 다가왔어요. 솔직했고 꾸밈이 없었죠. 혼자 여기까
지 왜 왔는가, 유스케가 묻자 혜정은 찾고 있는 것이 있다고 대답
합니다. 고요하여 자기 자신을 만날 수 있는 곳을 원한다고 했죠.
유스케가 혜정을 산속의 고즈넉한 마을에 데리고 가주었습니다.
시간이 멈춘 것 같은 곳에서 두 사람은 아름다운 시간을 보냈어
요. 그곳에서 돌아와 두 사람이 대화를 나누던 장면이 오래 남았

습니다.

"찾던 것을 찾았나요?"

유스케가 묻자 혜정은 고개를 저었습니다.

"찾지는 못했지만 어떻게 하면 되는지는 알 것 같아요"라고 했죠. 그러곤 다음 날 서울로 돌아간다 했습니다. 더 같이 있고 싶고 더 이야기를 나누고 싶은데 하루만 더 있으면 안 되겠냐고 유스케는 물었습니다. 여전히 솔직했죠.

비밀이 많았던 혜정인데 그제야 자기 이야기를 털어놓습니다.

"저는 사실 연기를 하고 있어요. 배우인데 일이 힘들어요. 시작할 때는 그저 일하는 것이 좋았고 열심히 하면 잘될 줄 알았는데 쉽지 않네요."

"그럴 것 같아요"라며 유스케는 고개를 끄덕였습니다.

"연기에 대해서 저는 잘 모르지만 내 일을 하면서 비슷한 걸 느낄 때가 있어요. 잘 안 될 때가 있죠. 이렇게 하고 싶다, 저렇게 하고 싶다 꿈을 갖는 것 자체는 나쁜 것이 아니지만 꿈의 노예가 되는 것보다는 지금을 행복하게 사는 것이 중요하다고 생각해요." 혜정은 고개를 숙이며 알고 있지만 어렵다 했습니다. 유스케의 대답이 좋았어요.

"어려워요. 그렇죠. 하지만 괜찮을 거예요. 예쁘니까. 그대로 자연스럽게 있으면 돼요."

자연스럽게 있으면 된다는 말. 아름다웠습니다. 듣는 것 자체로 안심이 되었어요. 단 하루 혹은 한순간이라도 그렇게 말해주는 사람을 만난다면 사는 일이 한결 안심이 될 거예요. 어쩌면 "너로서도 충분히 괜찮다" 말해주는 사람 하나를 만나지 못해 우리는 자꾸 허전하고 쓸쓸한 것 아닐까요.

해주고 싶어졌어요. 그 말을. 내가 먼저. 오래 같이 걷고 싶은 내 소중한 사람에게.

"그대로 자연스럽게 있으면 돼요. 내 곁에선 그래도 괜찮아요."

一

어떤 경우라도 자신을 버리는 건 바보 같은 일이에요

또 우산을 잃어버렸다.

잠깐 들렀던 카페에 두고 나왔다. 갑자기 해가 나면 종종 있는 일
이었다. 다시 찾으러 가지 않았다. 어차피 일회용이다. 급하게 소
나기가 쏟아지던 날, 편의점에 뛰어들어가 아무거나 골라 들고
나왔던 일회용 우산이었다. 이후로는 줄곧 가뭄이었으니 애착이
생길 시간이나 이유도 없었는데 이상했다. 집으로 돌아오는 길.
자꾸 생각났다.

두고 온 우산.
그리고
너.

나를 찾아올 때 너는 어김없이 고단한 얼굴이었다. 지쳐 찾아와 나에게 기대었다가 회복이 되면 떠났다. 나를 찾던 날 너의 마음엔 피할 수 없는 소나기가 내렸던 것일까. 마음이 바닥까지 젖어서 도저히 혼자 견디기 어려웠을까. 아무 편의점이나 뛰어들어가 급한 대로 아무 우산이나 집어 들던 나처럼 너도 그랬나. 급한 대로 나였던 것일까. 그리하여 나는 너에게 비가 그치고 나니 잊었고 버렸던 우산이 되었을까.

급하게 차를 돌렸다. 제발 우산이 제자리에 있길 바랐다. 나는 너처럼 되지 않겠다. 마음이 젖은 날에는 간절한 듯 굴다가 괜찮아지면 버리는 사람. 되고 싶지 않다.

다행이었다. 우산을 찾았다.

들고 나오니 파란 하늘.

깨끗해진 하늘을 올려다보며 보면서 알았다.

이제 너를 잊을 것이다. 잊을 수 있겠다. 일회용이 되지 않기로 했
다. 일회용이 되게 하지 않겠다. 우산도, 사랑도, 나도.

버려야 할 것은 미련.

우산을 손에 들고 나는 너를 버렸다.

"좋은 것을 볼 때마다 네가 가장 먼저 생각나."

덕분에 사랑을 확신할 수 있었다고 너는 말했다. 좋은 것을 보면
하나의 사람이 떠오르는 것, 너는 그것이 사랑이라 믿었다. 너는
아름다운 것을 볼 때마다 맨 먼저 나를 찾았고 덕분에 나는 아름
다운 것들로 채워졌다. 나의 방과 가방, 휴대전화 사진첩까지도
좋은 것들로 채워졌다. 마음도 그랬다.

매일 고운 것들을 보았기 때문인가 보다. 나의 눈은 혼자서도 자
꾸 아름다운 것들을 찾아내었다. 스스로 발견한 좋은 것들을 너
와 나누며 나는 행복했고 궁금했다.

'우리가 함께 도달할 세상은 얼마나 아름다운 곳일까.'

너에 대해서만큼은 나쁜 상상 같은 것, 한 번도 해보지 못했는데 오늘 알았다. 내 앞에 다른 사람이 생겼다. 아니, 내가 뒤로 밀렸다.

아니, 너의 세상에 이제 나는 없었다.

친구들이 너와 나눈 대화를 들려주었다. 좋은 것을 발견했을 때 네가 먼저 찾는 사람, 더 이상 내가 아닌 것을 알았다. 정확히 말하면 나만 아니었다. 모두가 내가 모르는 너의 이야기를 알고 있었다. 나만 몰랐다. 한때는 사랑이었던 내가 이제는 그저 친구보다 못한 먼 사람이 되어 있었다. 다른 사랑이 생긴 거라면, 차라리 네가 다른 한 사람을 바라보고 있다면 차라리 나았을지도 모른다.

세상에 없는 사람이 되어버린 기분.
전쟁도 갈등도 없이 사랑이 이렇게 끝날 수도 있는 것일까.
아니면 끝의 시작인 것일까.

찬란하던 사랑의 미래, 어둠에 갇혀 그저 막막하다.

남자와 여자는 헤어짐에 합의했다. 이별은 온화했다.

이런 방식의 끝. 서로를 만나기 전에는 상상조차 못했었다. 두 사람은 여전히 친숙했다. 다만 더 이상 간절하지 않았다. 사랑이 끝났다는 것을 알았다. 먼저 이별을 말하긴 했으나 여자는 알고 있었다. 두 사람은 한참 전부터 같은 마음이었다. 남자는 다만 여자가 이별을 확정할 때까지 기다렸을 뿐이다. 무책임하거나 비겁한 사람은 아니었다. 아마 사랑이 남긴 우정이나 혹은 의리로 남자는 여자가 결심을 할 때까지 기다렸던 것 같다.

마침내 여자가 이별을 말하자 마지막 커피를 끝까지 다 마시고 남자는 물었다.

"너는 나를 어떤 사람으로 기억해줄 거니?"

여자는 대답했다.
"사랑했던 사람으로 기억하겠지. 당연하잖아."

남자는 꼼꼼한 말투로 말했다.
"나는 네가 나를 이렇게 기억해주면 좋겠어. 같이 전주에도 가고, 춘천에도 가고, 제주에도 갔던 남자. 텐트 치는 방법을 알게 해준 사람. 맨 처음 산의 정상에 같이 오른 남자. 메아리의 즐거움과 높은 곳에서 마시는 차의 맛을 알게 해준 사람. 작은 배를 타고 같이 노를 저어서 강의 건너편에 도착했던 첫 남자. 그럼 너는 전주나 춘천이나 제주라는 말만 들어도 나를 생각하겠지. 산을 볼 때나 강을 지날 때도 그렇고."

남자의 말이 끝나자 여자는 하나씩 이름을 보태었다.

서로가 서로에게 처음 알게 했던 이름들. 음악을 하거나 그림을 그리거나 사진을 찍거나 글을 쓰는 사람들의 이름. 나눠 읽던 책의 제목이며 같이 듣던 노래 제목. 그리고 함께 지도를 보며 언젠가는 가보자고 했던 도시의 이름들.

마치 이사를 준비하는 사람들처럼 남자와 여자는 기억을 꺼내었다 다시 곱게 담았다. 우리라는 이름으로 함께 만들었던 순간들이 스쳐갔다.

그렇게 사랑의 꽃이 떨어졌다.

쓰고 쓸쓸한 일이었으나 고마운 기억이 착한 열매로 남았다.

사랑의 마지막 날, 남자와 여자는 그래도 웃었다.

"혹어 사랑이 떠나면 빈자리를 슬퍼하되
상실을 슬퍼하지는 않고 싶습니다."

4분 30초의 노래가 책 한 권보다 더 많은 이야기를 남길 때가 있습니다. 한 편의 영화보다 또렷한 장면, 길었던 여행보다 더 긴 여운을 남기기도 하고요.

사랑을 보내고 나면 일에 빠져들곤 합니다. 고단한 하루를 끝내고 집으로 가는 길 라디오에서 노래가 들려왔어요. '바보 같은 사랑을 했지 그러나 사랑은 바보 같은 것.' 이미 익숙했던 노래가 전혀 다른 밀도로 마음 안에 밀려들었습니다. 밤이 깊은 지 오래였으나 그제야 어둠이 실감 났습니다. 듣고 또 들으며 하나의 계절을 하나의 노래로 보냈습니다.

신승훈의 〈나비효과〉에는 꺼져버린 텔레비전 화면을 보며 사랑도 꺼져버렸다는 걸 깨닫는 공허. 사랑하고 싶고 같이 있고 싶어서 '너무 많은 나를 버리고 왔다'는 자각. 네가 다 가져가 버려서 이젠 내가 없다고 화를 내고 싶은 기분. 화를 내고 싶지만 그가 없다는 사실에 또 한 번 무너지는 마음들이 담겨 있습니다.

비슷했던 시절이 저에게도 있었습니다. 사랑하여 나를 버리고 그가 좋아하는 사람이 되려 했던 적이 있어요. 억지를 부렸죠. 하지만 알아요. 자연스러운 나로서 사랑해야 한다는 것. 억지로 나를 바꾸고 다른 사람인 척하다 보면 머지않아 스스로 지쳐 꺾이게 되더라고요. 오래갈 수 없었어요. 바랐던 것은 오래가는 사랑이었는데.

노랫말처럼 '네가 다 가져가 버려서 이젠 내가 없다'며 화를 내고 싶던 날도 있었어요. 지금은 그때를 생각하면 웃음만 날 뿐입니다. 내 허락 없이 나를 가져갈 수 있는 사람, 누가 있을까요. 사랑은 '나를 너에게 주고 나는 비어 가는 일'이 아닙니다. '서로의 경험과 느낌과 생각과 세상을 함께 나누면서 같이 넓어지는 것'이 사랑이길 바랍니다. 그 사람이 아니면 몰랐을 세상을 알아가고, 내가 아니면 그도 몰랐을 세상을 보여주며 같이 성장하는 일. 원하는 것은 그것입니다.

그리하여 이별 역시 '그가 나를 가져가서 내가 비어버리는 일'이 아니라 '그는 떠났지만 그에게서 배운 것이 내 안에 남는 일'이 되길 바랍니다. 그저 더 이상 같이 있을 수 없을 뿐. 그는 내 마음도, 함께했던 시간도 가져갈 수 없습니다. 공유했던 시간과 경험과 감정들은 모두 내 안에 있습니다. 그러니 이별을 했다고 해서 마음 한쪽이 허물어진 사람처럼 굴 필요가 없다는 것을 경험과 함께 알게 되었습니다.

옆에 있던 다정한 사람이 없어서 빈자리가 아릴 뿐. 아픔을 과장할 필요가 없다는 것도 이제는 압니다. 사랑의 경험들이 쌓여갈수록 알게 됩니다. 사랑에도 정면승부가 필요합니다. 사랑받고 싶어서 내가 아닌 나로 움직이지 않고 자연스러운 나로 살며 사랑하면 좋겠어요. 상대가 사랑해주었으면 하고 바라는 것은 가면을 쓴 내가 아니라 '진짜인 나'이잖아요. 그가 있는 그대로의 나를 사랑해주길 바란다면 먼저 있는 그대로의 나로서 그를 만나야 하지 않을까요.

그러니 이제 저는 사랑받고 싶은 욕심에 억지로 나를 바꾸지 않고 있는 그대로의 나로서 사랑 앞에 서려고 합니다. 혹여 사랑이 떠나더라도 빈자리를 슬퍼하되 상실을 슬퍼하지는 않고 싶습니다. 그는 없지만 사랑이 남긴 것은 내 안에 남을 테니 '잃은 것이 아니다. 오히려 채워졌구나' 감사할 수 있으면 좋겠습니다.

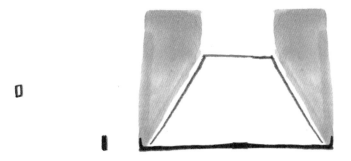

행복해지는 데는 많은 것이 필요하지 않다.
있고 싶은 곳에 있을 용기와 사랑할 사람만 있으면 된다.

一

가끔은 그냥 두는 것이 더 좋은 사랑일 때도 있어요

여자는 침묵보다 고요라는 말을 더 좋아했다.

여자와 함께 있을 때 남자는 자주 고요했다. 처음에 여자는 남자
가 만드는 소리의 여백을 채우려고 혼자서 꽤나 동동거렸다. 침
묵이 어색하여 괜한 말들을 쏟아냈던 것이다.

그 시절 여자는 '우리'라는 관계 앞에서 수소 풍선을 쥐고 있는
어린아이 같았다. 여자는 남자를 애써 꼭 잡고 있었으며 한순간
이라도 방심을 하면 날아가버릴까 봐 불안해했지만 남자는 늘 거
기 있었다. 말이 있거나 혹은 없거나. 바람이 불거나 혹은 불지
않거나. 봄이 오거나 혹은 겨울이 온다고 해도 늘 여자의 곁에 있
었다.

그런 변함없는 시간이 쌓여 믿음이 되었다.

오늘도 남자는 꽤 오래 조용했으나 여자는 불안하지 않았다. 편안했다. 아주 잠깐 고요를 깨고 이런 말을 했을 뿐이었다.

"어떤 나라에서 사람이 여럿 모여 있는데 전부가 동시에 말을 멈춰서 사방이 고요해지면 '여기 천사가 지나가는구나'라고 한대."

남자는 고개를 한 번 끄덕하고는 읽던 책을 계속 읽었고, 여자는 남자의 무릎을 베고 누워 잠이 들었다.

꿈에 천사가 날개를 접고 남자와 여자의 곁에 머물렀다.

어쩌면 익숙한 질문이었다.

사랑을 해본 사람이라면 누구나 해봤을 질문.

"사랑을 하는데 어째서 외로운 것일까."

고백하듯 너는 이어서 말했다.

"외로워서 생각했지. 이 사람은 아닌가 보다, 하고. 그래서 다른 사람을 만났는데 여전히 외롭더라. 사랑하면서 외롭지 않은 때도 있을까."

"충분히 사랑하여 완전히 뜨거우면 외로움을 잊을 수 있지 않을까."

나는 물었다.

너는 고개를 저었다.

"나는 오히려 뜨거워서 더 외로웠던 것 같아. 나는 급했고 상대는 느긋했지. 나는 타오르는데 그 사람은 은근했어. 온기가 다르고 속도가 달라서 외로웠지. 그렇다고 상대가 차가웠던 건 아니야. 그 사람은 오히려 따뜻했어. 단지 내가 바라는 만큼 뜨겁지 않았을 뿐."

그러니 어쩌면 좋은가, 나는 한숨을 쉬었다.

너는 담담히 말했다.

"받아들이기로 했어. 어차피 완벽할 순 없잖아. 본래 그런 것이잖아. 서로 다를 수밖에 없어. 사랑은 원래 외로운 거야."

생각을 바꾸니 좀 견딜 수 있게 되더라고 너는 말했다. 너의 말을 나는 이해했다. 내가 지금 외로운 것, 그의 잘못도 나의 잘못도 아니다. 그저 사랑이 잘못이다. 본래 그렇다. 하지만 어쩌겠는가. 우리는 사랑을 멈출 수 없을 것이니 너도, 나도, 종종 가여울 것이다.

말했다.

사랑해도 외로운 날에는 나에게 와라. 나는 너에게 가겠다.

'본래 그런 것이지 않은가' 하고 우리는 나란히 사랑을 이해할 것이다. 시린 마음이 녹을 것이다.

그리하여 우리 다시 사랑하기를, 사랑할 힘을 얻기를.

사랑이 본래 외로운 것이라도 서로가 있어서, 우리.

지금 그곳에 가고 싶다고 늦은 밤 여자는 남자에게 문자메시지를
남겼다. 남자는 이유를 묻지 않고 차를 몰고 여자에게로 갔다. 여
자는 방금 내린 커피가 들어 있는 텀블러 두 개를 들고 남자의 차
에 올랐다. 여자는 어디로 가자고 말하지 않았고 남자는 어디로
갈까 묻지 않았다. '그곳'이라는 단어로 충분히 통했다.

밤의 공항.

둘에게는 이미 익숙한 약속의 장소였다. 본래 여자가 좋아하는
곳은 출국장 앞이었으나 이번에는 아니었다. 돌아오는 사람들을
보고 싶다고 여자가 말했다.

입국장 앞에 나란히 앉아 마중과 재회의 장면들을 봤다. 그립던 사람과 그립던 사람이 만나 서로를 안아주었다. "잘 있었어? 비행은 어땠어? 고단하지 않았어?" 안부를 묻고 얼굴을 살피며 그들은 걸었다. 같은 곳을 향해 나란한 모습은 다정했다. 한참이나 말이 없던 여자는 이제 충분하다며 일어섰다. 남자는 차를 몰아 여자의 집 앞으로 갔다. 여자는 내내 조용했고 남자는 그저 여자의 곁에 있었다. 있어주기만 했다.

잠들기 전 여자에게서 메시지가 왔다.
"오늘, 돌아오는 일의 아름다움을 알게 되었어."

남자는 마침내 기다리던 순간이 왔다는 것을 알았다.
본디 여자는 자꾸만 떠나던 사람이었다. 남자는 불안했지만, 불안을 감추고 계속 사랑했다. 여자의 옆에 있었다. 그저 있을 뿐. 보통의 연인들이 하는 일을 계획할 수 없었다. 종종 쓸쓸하기는 했으나 남자는 자신이 있어야 할 곳을 아는 사람이었다.

사랑했다.
사랑하는 사람이 있어야 할 곳은 사랑의 곁이었다.
남자는 사랑을 남겨두고 떠나는 사람이 아니었다.

다만 하나, 지치는 날이 오면 어쩌나 걱정했는데 여자가 말했다. 돌아오는 일의 아름다움을 알겠다고 했다.

고맙다고 답을 보냈다. 말이 적고 문장이 짧은 여자였으나 오늘은 달랐다. '돌아갈 집과 돌아갈 가슴이 있어 떠나는 일이 즐거울 수 있었음을 알았다. 사실은 돌아오기 위해 떠났다는 것을 이제는 알겠다'고 여자는 적어 보냈다. '돌아와 너의 품에 안기는 순간을 가장 원했다'고 했다. 남자는 다시 한 번 고맙다, 답을 하고는 불을 끄고 누웠다.

기억났다.
세상을 떠돌다가 돌아오던 날. 정든 집의 문을 열던 순간.
익숙한 공기가 밀려왔고 안도가 되었다. 한결같은 감동으로 남았다.

'있겠다' 생각했다, 남자는.
오래된 정든 집으로 있을 것이다.

여자가 언제든 돌아와도 좋을 곳으로 남자는 여기 있을 것이다.

"주고 싶은 대로 다 주는 것이 사랑이 아니라
상대를 숨 쉬게 하는 것이 더 좋은 사랑이라는 것을 알아요."

〈라이드: 나에게로의 여행〉은 너무 사랑하는 것은 독이 되고, 그
냥 두는 것 역시 사랑이라는 것을 가르쳐주는 영화입니다.

　주인공 재키는 뉴욕의 한 대형 출판사의 에디터입니다. 하루
종일 쉴 틈 없이 전화가 울려대고 해야 할 일이 언제나 쌓여 있
죠. 틈틈이 운동도 하고 자기 관리에 철저한 완벽주의자입니다만
가장 신경을 쓰는 것은 아들 앤젤로입니다. 이혼을 하고 혼자 키
워왔죠. 이제 막 대학에 진학한 앤젤로는 작가를 꿈꾸고 있습니
다. 부지런히 자기 글을 써서 엄마에게 보여주고 조언을 듣는 편
이죠. 멋진 조력자이긴 했지만 엄마는 아들을 지나치게 사랑하여
모든 것을 알고 싶어 하고 모든 것을 함께하고 싶어 했어요.

답답해진 아들은 엄마에게서 벗어나 LA로 떠났습니다. 뉴욕의 대학을 그만두고 서핑을 하면서 자기 글을 쓰겠다고 했죠. 재키는 일도 뒤로하고 아들을 따라갑니다. 아들은 화를 내며 말해요.

"엄마는 죽었다 깨어나도 서핑의 즐거움을 모를 거예요. 못할 거고요."

아들을 이해하기 위해 재키는 당장 아들 몰래 서핑을 시작했습니다. 몹시 힘들었지만 멈추지 않았어요. 어려운 가운데도 재키를 힘내게 하는 것은 아이들을 생각하면서 힘껏 팔을 저어보라는 말이었으니까요. 사랑의 힘으로 최선을 다했지만 파도를 타고 일어서는 것이 쉽지 않았습니다. 자리를 너무 오래 비운 탓에 직장에서 해고도 당했지만 재키는 서핑을 멈출 수 없었습니다. 파도를 타는 것이 아들을 이해하고, 아들에게 다가가는 길이라 여겼으니까요.

서핑이 재키를 이끈 것은 그러나 전혀 예상치 못한 세상이었습니다. 도전하고 넘어지고 다시 도전하는 동안 재키 곁에는 서핑강사 이안이 있었습니다. 재키를 응원하다가 결국 연인이 된 사람.

"이제 내가 아들에 대해서 어떻게 해야 하죠? 당신이 스무 살 때였다면 어땠을 것 같아요?"

재키가 고민하며 묻자 이안은 대답했습니다.

"나라면 날 그냥 내버려두길 원했을 것 같아요."

짧은 대답이 재키를 바꾸어놓았습니다.

서핑을 하다가 아들 앤젤로에게 들켰을 때, 여기서 뭐하는 거냐며 화를 내는 아들에게 재키는 말했습니다.

"사랑하는 사람이 생겼어. 직장도 그만두게 되었으니 좋아하는 사람과 같이 살고 싶어. LA에서 그와 서핑을 즐기고 인생을 즐기며 살아볼까 해. 너와는 상관없는 일이야. 나는 나로서 살아갈 거야. 나를 찾아오지 않아도 돼. 여전히 너를 사랑하겠지만 네가 오지 않아도 난 괜찮을 거야. 정말이야."

좋은 결말이었어요. 아들 앤젤로는 뉴욕에 있는 학교로 돌아갔고 엄마 재키는 사랑하는 사람과 함께 바닷가에 남았죠. 영화가 끝날 때, 재키는 드디어 파도 위에서 일어섰어요. 거침없이 달려 나갔죠. 혼자서도 충분히 행복해 보였습니다.

사랑하기 때문에 많은 일을 하던 시절이 있었어요. 하루 종일 그 사람을 위해서 무엇을 할 수 있을까, 무엇을 해야 할까를 생각했지만 돌아온 것은 답답하다는 말이었죠. "너는 나를 사랑하는 것이 아니라, 나를 사랑하는 너 자신을 사랑하는 것 같다"고도 하더군요. 시간이 많이 지났고 여러 가지 상황을 겪으면서 그 말과 그 마음을 이해하게 되었습니다. 주고 싶은 대로 다 주는 것이 사랑이 아니라 상대를 숨 쉬게 하는 것이 더 좋은 사랑이라는 것을 알아요. 더 주고 싶어도 때로는 멈춰야 한다는 것도 이제는 알고 있습니다.

'그냥 두는 것도 사랑이고, 그냥 두고 자신으로 잘 살아가는 것이 먼저'라는 말에 끄덕이게 됐죠. 때로는, 그냥 두는 것이 더 좋은 사랑이었어요.

사랑하는 사람이 있어야 할 곳은 사랑의 곁이었다.

一

내가 먼저 행복해져야 같이 행복할 수 있어요

"좋아 보인다. 요즘 뭐 좋은 일 있었어?"

너는 물었다. 좋은 대답을 해주고 싶어서 나는 기억을 더듬었다.
대답을 듣고 나서 너는 또 물었다.

"더 없어? 좋았던 일 더는 없었어?"

열심히 대답을 하다 보니 '내가 요즘 꽤 좋은 인생을 살고 있었구
나' 싶어졌다. 웃음이 났다. "네가 좋다니 나도 좋다"며 너도 나를
따라 웃었다.

같은 질문을 나도 너에게 했다.

하나하나 네가 좋은 일들을 말할 때마다 나는 기꺼이 축하를 해주었고 너와 똑같은 말을 했다.

"네가 좋다니 나도 좋다."

마주 보고 웃으며 나는 알았다. 부지런히 행복해져야 하는 이유. 그래야 기꺼이 축하해줄 수 있다. 내 좋은 사람이 행복해하는 것을 보면서 나도 기꺼이 웃을 수 있게 된다. 내가 행복해야 더 기꺼이 웃을 수 있다.

네가 소중하여 나는 나의 내일이 더 즐겁기를 바란다. 노력하겠다. 네가 웃을 때 나도 함께 웃을 수 있도록. 네가 기쁠 때 내가 힘껏 박수를 쳐줄 수 있도록.

같이 있어 우리는 혼자일 때보다 더 자주 웃을 것이다.
네가 소중하여 나는 더 좋아질 것이다.

요즘 여자의 사랑은 위태로웠다. 남자에게 다른 여자가 생겼다. 생긴 것 같았다. 남자는 말했다.

"명백한 오해야."

여자는 믿었다. 여자는 끝까지 믿는 사람으로 살아왔다. 놓아버리는 것은 맨 나중에 해도 된다. 그쪽이 후회가 적었다. 여자가 진짜 문제라고 느낀 것은 남자가 오해를 처리하는 방식이었다. 여자는 설명을 원했다. 남자는 침묵으로 일관했다. 설명이나 변명은 구차해서 싫다, 어리석은 이야기가 둘 사이를 오고 가는 것을 원하지 않는다고 했다.

평소였다면 여자, 남자의 말을 있는 그대로 들었을 것이다. 다른 해석이나 질문을 붙이지 않았을 것이나 이번에는 달랐다. 무책임하게 들렸다. 구차하기 싫다는 말은 '자존심을 지키기 위해 관계를 훼손시켜도 좋다'는 말처럼 들렸다.

여자는 물었다.
"잠시 구차해지더라도 명백하게 믿게 해주는 게 더 좋은 사랑 아닐까."

남자는 다시 한 번 침묵했다.
여자는 알았다. 대답 없음도 대답이다.
여자는 일어섰다. 알았다. 떠나야 할 시간임을 알았다.
정답은 중요하지 않다.

더 중요한 것은 지금 행복하지 않다는 사실이다.

남자에게서 멀어질수록 여자의 마음 차차 편안해져 옳은 결정이었음을 알 수 있었다.

네가 선생님이 되겠다고 했을 때 참 어울리는 선택이라고 나는
생각했었다.

너는 밝은 에너지를 가진 사람이었다. 늘 주변을 웃게 했다. 남이
웃는 것을 보면 같이 웃었다. 받는 것보다 주는 것을 더 좋아했다.
선생님이란 많이 주어야 하는 사람일 테니까 나는 네가 행복할
것을 믿었다. 의심하지 않았다. 꿈을 이룬 이후 너는 줄곧 반짝거
렸다. 잘 지내는 줄로만 알았는데 오늘 만난 너의 얼굴, 빛이 꺼져
있었다.

힘 빠진 목소리로 너는 말했다.

"나로서는 열심히 주고 있는데, 주면 줄수록 더 달라는 사람들뿐이야. 아이들은 물론이고 부모님들도 더 관심을 가져달라, 더 사랑을 해달라 하거든. 노력하고 있지만 내가 부족한가 봐. 미안한 마음에 최선을 다해왔는데 좀 지쳤어. 며칠 전엔 이런 생각이 들더라. '좋아, 그래, 더 사랑할게. 하지만 그럼 나는 누가 사랑해주지?' 이런 생각."

아무 말도 못했다. 나는 그냥 너를 안았다. 채울 틈도 없이 나눠만 주며 너는 외로웠던가 보다. 마음이 비어가고 있었던가 보다. 빈 가슴으로 서늘한 것이 스며들었던가 보다.

돌아와 나는 기도했다. 너를 매일 깊게 안아줄 사람이 어서 너를 찾아오기를. 진짜인 사랑이라면 단 한 사람이라도 너는 안전할 것이다. 너의 마음은 함부로 춥지 않을 것이며 계속 채워질 것이다. 기도의 끝에 나는 덧붙였다. 그때까지는 내가 너의 곁에 있겠다는 다짐.

같이 있는 동안 우리의 마음,
나누어 주어도 텅 비지 않을 것이며
고된 하루에도 허물어지지도 않을 것이다.

우리가 같이 있어서. 우리가 같이 있기 때문에.

"관계에 있어서 책임은 아주 중요한 요소이지만
더 중요한 것은 우리 자신이 행복해지는 일이에요."

영화 〈미라클 벨리에〉는 실화를 바탕으로 하고 있습니다. 주인공은 10대 소녀 폴라 벨리에. 파리에서 좀 떨어진 시골에서 특별한 가족과 살고 있어요. 부모님과 남동생 모두가 듣지도 말을 하지도 못합니다. 오직 폴라만의 소리의 세상 속에 있죠.

애틋하게 사랑하며 평화롭던 가족인데 폴라가 노래를 시작하면서 문제가 생깁니다. 우연한 기회에 폴라의 노래를 들은 음악 선생님이 "천부적인 재질을 갖고 있으니 파리에 가서 오디션을 보자"고 권했거든요. 소식을 듣고 엄마는 주저앉아 울었습니다. 딸이 가족에게서 벗어나 멀어질 것을 걱정했죠.

아버지는 다른 이야기를 했습니다.

"네가 원하는 삶을 살아라. 폴라 네가 태어나기 전에도 우리는 잘해왔고 앞으로도 잘할 수 있을 거란다."

말은 담담했지만 표정은 어두웠으니 보고 있는 폴라의 마음은 무겁기만 했습니다. 차마 두고 떠날 수가 없어서 폴라는 오디션을 포기했습니다만 학교의 합창반 발표회에는 나가야 했죠.

발표회 날이 됐어요. 모두가 웃고 박수치는데 폴라의 가족은 어색하기만 했습니다. 노래를 들을 수가 없으니 그들만의 정적 속에서 어리둥절한 표정을 지을 뿐이었죠. 맨 마지막. 폴라의 특별 무대. 아름다운 시간이었습니다. 관객들은 눈물을 흘리며 모두 일어나 박수를 쳤어요. 환호하는 그들을 보며 가족들도 덩달아 일어나 박수를 쳤지만 환호하는 주변 사람들을 따라 했을 뿐. 폴라가 만들어낸 감동을 제대로 나눌 수는 없었죠.

집으로 돌아온 폴라는 쓸쓸해 보였습니다. 박수소리가 클수록 노래에 대한 꿈을 접는 것이 더 아쉬웠을 거예요. 모든 것을 함께 나누던 가족인데 나눌 수 없는 것이 생겼다는 것을 피부로 느끼고 더 쓸쓸했겠죠. 마당 한 구석에 쪼그려 앉아 있는데 아버지가 폴라를 찾아왔습니다. 나란히 앉아서 오늘 불렀던 노래가 어떤 내용이었는가 물었습니다.

폴라가 손으로 노래의 내용을 이야기했어요. 아버지는 고개를 끄덕이더니 딸의 목에 손을 대고 말했습니다.

"너의 노래를 듣고 싶어."

폴라는 노래했고 귀로 듣지 못하는 아버지는 손끝과 마음으로

딸의 노래를 들었습니다. 아버지의 눈에서 눈물이 흘러내렸습니다.

다음 날 새벽, 아버지는 잠든 폴라를 깨워 파리로 달려갑니다. 오디션 날이었거든요. 무대에 서서 폴라는 노래했습니다. 2층에서 응원하는 가족들을 위해 수화로 가사를 전달하면서요. 아름다운 장면이었어요. 노래가 끝나자 가족들은 눈물을 흘리며 환호했습니다. 들리지는 않았지만 들을 수 있었던 거죠. 폴라의 노래는 물론 폴라의 마음까지도.

마지막 장면에서 폴라는 가족들의 축복 속에 집을 떠나 파리로 가요. 환하게 웃는 폴라의 모습을 통해 영화는 말합니다.

"관계에 있어서 책임은 아주 중요한 요소이지만 더 중요한 것은 너 자신이 행복해지는 일이다."

사랑하여 그저 희생하지 않았으면 좋겠어요. 소통하고 설득하고 이해시키면서 내가 원하는 내가 되면 좋겠어요. 책임이라는 이름 아래 마음 안에 꿈틀대는 것을 외면하지 않았으면 좋겠어요. 꿈을 접으면 마음의 한쪽이 시들게 되고 시든 마음으로는 좋은 관계를 유지할 수 없을 테니까 계속 앞으로 나가면서 행복해지려고 노력하면 좋겠어요.

이기적인 행동이라고 할 수도 있겠지만 아뇨, 사실은 같이 행복해지는 길일지도 모릅니다. 내가 웃어야 나를 사랑하는 사람 역시 나를 보며 웃게 될 테니까.

네가 소중하여
나는 나의 내일이 더 즐겁기를 바란다.

나를 있는 그대로 받아 줄 수 있나요? 그래 줄 수 있어요?

Will you take me as I am? Will you?

- <California>, Joni Mitchell, 1971

여기서,
우리가

함께한 영화, 책

그리고
음악

5일의 마중 归来, 장예모(2014)

그렇게 아버지가 된다そして父になる, 고레에다 히로카즈(2013)

나비효과, 신승훈(2008)

라이드: 나에게로의 여행 Ride, 헬렌 헌트(2014)

런치박스 Dabba, 리테쉬 바트라(2013)

맨 프럼 어스 The Man From Earth, 리처드 쉔크만(2007)

미라클 벨리에 La Famille Belier, 에릭 라티고(2014)

브리다 Brida, 파울로 코엘료(2010)

블러바드 Boulevard, 디토 몬티엘(2014)

부에노스아이레스에서 사랑에 빠질 확률 Medianeras, 구스타보 타레토 (2011)

서칭 포 슈가맨 Searching for Sugar Man, 말릭 벤젤룰(2011)

아메리칸 셰프 Chef, 존 파브로(2014)

앙: 단팥 인생 이야기 あん, 가와세 나오미(2015)

어바웃 리키 Ricki and the Flash, 조나단 드미(2015)

와일드 Wild, 장 마크 발레(2014)

파니 핑크 Keiner Liebt Mich, 도리스 되리(1994)

파우더 Powder, 빅터 살바(1995)

한여름의 판타지아 A Midsummer's Fantasia, 장건재(2014)

헬프 The Help, 테이트 테일러(2011)

거기, 우리가 있었다

초판 1쇄 2015년 10월 30일
초판 6쇄 2015년 11월 20일

지은이 　| 정현주

발행인 　| 노재현
편집장 　| 서금선
책임편집 | 변혜진
디자인 　| 권오경 김아름
조판 　　| 김미연
마케팅 　| 김동현 김용호 이진규
제작지원 | 김훈일

펴낸 곳 　| 중앙북스(주)
등록 　　| 2007년 2월 13일 제2-4561호
주소 　　| (135-010) 서울시 강남구 도산대로 156 jcontentree 빌딩 7층
구입문의 | 1588-0950
내용문의 | (02) 3015-4517
홈페이지 | www.joongangbooks.co.kr
페이스북 | www.facebook.com/hellojbooks

ISBN 978-89-278-0691-2 03810

값 13,800원